일본에서 지내온 세월들

-재일교포 할아버지 이야기-

일본에서 지내온 세월들

-재일교포 할아버지 이야기-

이성우 지음

이담 Books

머리말

나이 들고서부터 내가 살아왔던 삶의 이야기를 글로 남기고 싶은 마음이 생겼습니다. 젊었을 적에는 경제적 어려움을 극복하기 위해 하루하루를 그야말로 스릴 넘치는 영화처럼 보낸 듯싶습니다. 그때에는 그러한 삶이 당연하다고 여겨졌고 또한 그리 했어야만 하지 않았나 싶습니다.

이제 내 나이 90을 바라보면서 인생을 되돌아보니 여느 사람들 못지않게 파란만장했었던 것 같습니다. 일제 강점기 때 한국에서 태어나 밀항으로 일본으로 건너와서 재일교포로서 지금까지 살아오고 있습니다.

어린 나이로 일본에 건너와서 별의별 일들을 다 겪었습니다. 장사나 사업으로 큰돈을 벌기도 했고 나의 잘못된 판단으로 한꺼번에 번 돈을 날린 적도 있었습니다. 한 사업으로 크게 번 돈을 잘 관리하지 못하고 또 다른 사업에서 망할 때마다 다시 오뚝이처럼 일어나서 또 다른 삶을 개척했던 것이 지금 생각해 보면 다행스럽기도 합니다.

재일교포로서 수많은 역경을 헤치고 일본에서 나름대로 여유롭게 생활할 수 있는 것은 나의 능력이 많아서라기보다 운이 좋아 그리된 것이라고 생각합니다.

지나온 세월들을 거슬러 올라가 보면 결과적으로 무모했던 일들도 참으로 많았습니다. 한국인이 가지고 있는 과감하고 신속한 사업투자의 장점을 가지고 있었지만 일본인처럼 세밀한 사업관리는 제대로 수행하지 못했습니다.

재일교포로 일본에 살면서 서러움도 많이 받았습니다. 고향 생각에 멍하니 하늘만 쳐다본 적도 많았습니다. 내 생각대로 되지 않아서 안타깝게 생각했던 일들도 많았습니다. 이제 와서 생각해 보니 결국은 내 잘못으로 인한 것들이었습니다.

이제는 내 삶에서 욕심도 사라져 버렸습니다.

내 삶보다 아이들, 친척, 친구들의 삶에 더욱 큰 관심이 생겨납니다. 그들을 보다 따뜻하게 위로하고 격려하며 용기를 북돋아 주고 싶습니다.

내 이야기를 글로 남기고 싶어졌을 무렵에 우연히 TV광고를 통해 컴퓨터로 글을 쓸 수 있다는 것을 알게 되었습니다. 글을 제대로 배우지는 못했지만 독학으로 배운 글솜씨로 컴퓨터에 내 이야기를 한 자 한 자씩 넣기 시작했습니다. 한 문장 작성하는 데에 하루 종일 걸리기도 했습니다. 그러다가 한국에서 조카 부부와 이런저런 이야기를 하다가 내 자서전 이야기가 나오게 되었습니다.

조카사위가 내 자서전을 대필하겠다고 나서서 나를 며칠에 걸쳐서 인터뷰했습니다.

오랜 세월이 흘렀어도 대부분의 내 기억이 또렷했지만 나도 모른 채로 다소 틀린 기억들도 있을 것입니다.

본 자서전에 등장하는 사람들에게 양해를 구하고 싶습니다. 내 기억이 틀렸다든지 혹은 내가 말한 내용에 서운한 마음이 들더라도 너그러운 마음으로 이해해 주기 바랍니다.

오랜 인터뷰를 통해 본 자서전을 완성해 준 서울사이버대학교 컴퓨터정보통신학과 오창환 교수에게 감사하다는 마음을 전합니다.

일본에서 살면서 앞만 보고 달려오다 보니 내 가족들과 정감 있는 대화를 하지 못한 것이 늘 마음에 걸렸습니다. 본 자서전을 통해 내 가족과 친지들이 지나온 내 삶을 이해해 주기 바랍니다.

마음속으로 항상 그들을 사랑했지만 속 시원히 표현을 못 해 왔던 것도 마음이 아픕니다.

앞으로도 영원히 그들을 사랑할 것임을 다짐하며 이 글을 맺습니다.

이성우

Contents

scene #4 모리야마에서의 삶과 이런저런 이야기

scene #1

일제 강점기 우리 가족과
나의 어린 시절

1. 태어남

나는 1922년 3월 29일(음력)에 경주시내에서 울산 방향으로 30리 떨어진 구정마을에서 태어났다.

구정마을은 옛날에는 월성군에 속했었지만 지금은 경주시에 편입되어 있고 불국사에서 10리 떨어진 농촌마을이었다.

어렸을 적에는 우리 동네에서 울산으로 이어지는 신작로 양옆으로 포플러 나무들이 길을 맞추어 자라고 있었고 토함산 기슭에서 내려오던 물줄기는 우리 동네에서 자그마한 시냇물을 이루어 아름다운 경치를 만들어 냈었다.

우리 동네 북쪽에 토함산이 높다랗게 자리하고 있었는데 산 정상 부근에는 동해의 푸른 물결을 바라보는 석굴암이 있었다.

토함산 정상 부근에서 동쪽을 내려다보면 감포로 이어지는 산길이 가물가물 보였더랬다.

산자락 저 멀리 감포 앞바다가 보였는데 동해안의 일출을 보기 위해 토함산에 사람들이 자주 오르곤 했었다.

토함산 밑에는 다보탑과 석가탑으로 유명한 불국사가 자리하고 있었다.

오늘날의 불국사는 사찰 주위를 공원과 주차장으로 만들어서 넓은 지역이지만 그 시절에는 불국사 주위로 일반 가옥들이 차지하고 있어서 그다지 넓지 못했었다.

우리 동네 옆으로 경주에서 울산으로 이어지는 철길이 나 있었다.

동네에 있는 불국사역은 1918년도에 세워졌다고 한다.

그 시절의 철로는 오늘날의 철로와 다르게 철로 폭이 많이 좁았었다.

우리 집 옆으로는 토함산에서 내려온 맑은 물이 버드나무들 사이로 시냇물을 이루며 남산 쪽으로 흐르고 있었다.

남산 밑으로 꽤나 넓은 평야를 이루고 있었는데 신라가 경주를 도읍지로 정한 것이 아마도 바다가 가깝고 남산 밑의 넓디넓은 평야와 경주 주위로 펼쳐지는 기름진 옥토 때문이었을 것이라는 생각이 든다.

내가 태어난 동네는 경주 시내에서 멀리 떨어져 있었지만 남산 밑의 너른 논과 밭을 일구며 살아간 농민들과 5일 만에 열린 장터사람들로 여느 시골마을과는 달리 꽤나 커다란 동네를 형성했었다.

양옆으로 포플러 나무가 싱그럽게 자라고 있던 신작로 위로는 간간이 트럭이 달렸었고 농산물과 갖가지 짐을 실은 우마차도 방울소리를 딸랑딸랑 내며 굴러가곤 했었다.

봄이나 여름에 비라도 내릴 때면 신작로 길바닥이 질퍽질퍽해지기에 고무신을 신고 물이 없는 곳에 발을 디디려고 깡충깡충 뛰었던 기억이 아련히 떠올려진다.

장날일 때에는 집에서 재배한 채소거리나 쌀과 보리를 등이나 머리에 이고 장터로 와서 그 물건들을 팔아서 생필품을 사서 집으로 돌아가는 사람들로 붐볐었다.

그 시절에는 운동화는커녕 고무신도 귀해서 짚신을 신고 다니기도 했었고 아이들은 맨발로 걸어 다니기도 했었다.

집에서 기르던 소를 몰고 오는 사람도 있었고 집에서 기르던 닭을 짊어지고 오는 사람도 있었다.

짐승들도 팔려 가는 것을 아는지 소의 눈에는 눈물이 배였고 닭들은 어디론가 도망갈 기세로 동그랗게 뜬 눈을 이리저리 번뜩이던 모습이 생각난다.

내가 태어나기 얼마 전에 우리 할아버지와 할머니께서 태몽을 꾸셨는데 꿈에서 집을 여러 채 짓는 꿈을 꾸셨다고 말씀하시면서 내가 어른이 되면 돈을 많이 벌 것이라고 늘 칭찬을 아끼지 않으셨다.

그런 말씀을 들을 때마다 진짜로 돈을 많이 버는 부자가 될까 하는 의구심도 가졌다가 때로는 그럴 리가 없다는 불안감도 생겨났더랬다.

나의 인생 이야기는 경주시 인근의 농촌 마을에서 시작된 것이다.

2. 할아버지와 아버지의 서간도 이주

할아버지는 경주 불국사 근처에서 수백 마지기 논을 지었던 부잣집에서 태어나셨고 슬하에 6남 1녀를 두셨다.

아버지는 2남 4녀 중에서 둘째 아들로 태어나시어 먹을 것이 없었던 그 시절에도 아주 풍족한 환경 속에서 글공부에 열심이셨다고 한다.

할아버지와 아버지는 이렇게 경주 부잣집에서 태어나시어 한학을 공부한 선비이셨지만 세상물정은 잘 모르셨던 것 같다.

어렸을 적에 어머니로부터 들었던 얘기로는 내가 태어나기 전에 할아버지와 아버지는 전쟁 난리를 피해서 만주 서간도로 이주한 적이 있었다고 한다.

우리나라가 일본으로부터 한일합방을 당한 1910년도 즈음에 동네 여기저기에서 전쟁이 일어날 것이라는 소문이 파다하게 퍼졌었다고 한다.

지금 생각해 보면 일본과 어느 나라가 전쟁을 한다는 소문이었는지 알 수는 없지만 전쟁은 일반 국민이라면 누구나 두려워하는 것이다.

할아버지나 아버지도 전쟁이 일어난다는 소문에 무척이나 두렵고 가족을 지켜야 한다는 책임감이 따랐을 것이다.

증조부가 돌아가신 후에 할아버지는 전쟁난리가 난다는 소문을 듣고서 경주 불국사 근처에 있는 논들 중에서 그야말로 기름진 논들만 골라 수백 마지기를 팔아서 만주 서간도로 새 땅을 찾아 나섰던 것이다.

서간도는 북간도와 함께 만주지방의 한 지역이다.

간도라는 말은 청나라가 나라를 세웠을 당시에 그 지역에는 사람들이 살지 못하게 하였기에 청나라와 조선 사이에 마치 섬처럼 외떨어졌다고 해서 붙여진 이름이라고 한다.

백두산을 중심으로 압록강 주변의 만주지방은 서간도, 두만강 주변은 북간도라고 불리었다고 한다.

1910년의 한일합방을 전후해서 일제침략의 손아귀에서 벗어나고자 하거나 또는 항일 운동의 새로운 기지를 찾아서 간도로 이주한 한국인들이 급증하였다고 한다.

그 시절의 사람들이 간도를 새로 개척하여 농사를 짓고 살았기에 오늘날 중국 길림성에는 우리 민족들이 많이 살고 있지 않나 하는 생각이 든다.

할아버지와 아버지가 서간도로 이주했던 그 당시에 큰아버지는 이미 결혼을 해서 살림을 차렸기에 경주의 모든 살림은 큰아버지에게 맡겨졌다고 한다.

큰아들에게 경주의 온 살림을 맡기고 아들을 데리고 서간도로 떠나셨던 할아버지의 마음이 얼마나 아프셨을까?

경주 논 수백 마지기를 팔아서 그 돈을 수중에 넣고 기차를 타고 고향을 떠나셨을 때에 여러 가지 마음으로 혼란스러우셨을 것 같다.

　할아버지는 세상물정을 잘 모르시던 선비이셨기에 서간도에서 벌여 놓은 사업에서 재미를 보기는커녕 커다란 손실만 봤다고 한다.

3. 할아버지와 아버지의 귀향

할아버지와 아버지는 만주 서간도로 올라가셔서 땅을 몇만 평 사셨다고 한다.

땅이 얼마나 넓었는지 한쪽 산과 다른 쪽 산 사이의 온 땅이 할아버지와 아버지가 사신 땅이었다고 한다.

아마도 나중에 경주의 온 가족을 이주시키려는 마음으로 그리도 많은 땅을 사들이시지 않았나 싶다.

할아버지와 아버지는 고향에서 농사일이라고는 한 번도 하신 적이 없었는데 서간도에 가셔서 감자와 조를 심고 밭 한가운데에 창고 비슷한 집을 짓고 1년 동안 농사지으며 사셨다고 한다.

두 분이서 그 너른 땅을 다 지으시지는 않으셨겠지만 비록 사람 품을 사서 농사를 지었다고 해도 고생이 이만저만하지 않았을 것이다.

서간도로 이주한 지 1년이 조금 넘은 어느 날 마적단이 쳐들어왔다고 한다.

마적단의 정확한 이름은 잘 기억나지 않지만 일종의 조선 독립단

명칭을 가졌었다고 한다. 만주에 있는 마적단들은 조선족, 한족, 만주족, 몽고족 등으로 이루어져 일본에 대항하기 위한 독립군들이 많이 차지했었다고 한다.

그네들은 독립군 자금과 자체 생활비를 확보하기 위해 일본군과 만주수비대가 지키고 있던 마을을 습격했었다고 한다.

목적은 독립군이었다고는 하지만 민간인들로부터 강도짓을 범했던 것은 사실이었던 것 같다.

어느 날 이런 마적단이 할아버지와 아버지가 사시던 집으로 쳐들어와서 먹을 것이나 돈을 찾기 위해 온 집을 뒤졌으나 아무것도 찾지 못하게 되었고 이에 그네들은 아버지를 마적단으로 끌고 가 버렸었다고 한다.

할아버지는 연세가 있으셨으니 젊으셨던 아버지를 마적단으로 합류시키려는 의도였을 것이다.

아들을 마적단에게 빼앗긴 할아버지가 혼자서 가만히 생각해 볼 때에 참으로 난감한 일이 아닐 수 없었을 것이다.

할아버지는 전쟁 난리를 피해 정든 고향을 떠나 머나먼 서간도로 이주했건만 서간도가 오히려 고향보다 더 위험하다고 생각하셨을 것이다.

그때부터 서간도로 이주한 것에 대해 후회하면서 아들이 되돌아오기만을 기다리며 하루하루 보내고 있었단다.

그런 나날들을 며칠 보내고 있던 중에 아버지가 마적단으로부터 용케 도망 나와 할아버지 곁으로 올 수 있게 되었다고 한다.

집으로 돌아온 아들 얼굴을 보았을 때 할아버지는 얼마나 기쁘셨을까?

할아버지는 아무래도 서간도에서 농사짓는 일은 위험하고 불안하다는 생각에 서간도를 떠나 경주 고향으로 되돌아오셨다고 한다.

고향으로 오실 때에 그 넓디넓은 땅은 서간도에서 아셨던 사람에게 맡겨 놓고 오셨단다.

하지만 그 이후로는 경주에서 다시 서간도로 가신 적이 없으셨으니 많은 양의 재산만 축내셨던 것이다.

4. 할아버지와 아버지의 연이은 사업실패

경주 고향의 친척들이 할아버지와 아버지의 귀향을 반겼었지만 할아버지는 서간도에서의 실패로 인해 친척들에게 고개를 떳떳하게 들고 다니지는 못하셨다고 한다.

서간도에서 농사일로 고생하시고 마적단의 습격으로 초췌한 상태에서 머나먼 기차여행을 하셨으니 아마도 할아버지는 고향 집에서 그냥 푹 쉬고 싶으셨을 것이다.

춥디추운 서간도 생활보다 따뜻한 고향에서 할머니가 지어 주는 밥을 드시는 생활이 훨씬 좋으셨을 것이다.

동네 길거리, 시냇가, 앞산들을 바라보시며 할아버지는 지난날들의 고생들을 추억으로 남기고 싶으셨을 것이다.

그러나 할아버지는 전쟁 난리가 곧 날 것이라는 소문이 동네에서 사라지고 있지 않음에 불안해하셨던 것 같다.

글공부만 하셨던 할아버지가 전쟁에 대한 두려움을 갖는 것은 어찌 보면 당연하겠지만 서간도에서의 실패를 만회해 보려는 마음도 가지고 계셨었는지 이번에는 강원도 어느 지역의 땅을 몇만 평 사서 개발하시려고 고향을 떠나셨다고 한다.

논과 밭만 생각해 보면 우리나라 어느 곳에서라도 돈으로 구입할 수 있을 터인데 굳이 강원도에 가신 이유는 아직도 잘 이해가 가지 않는다.

이미 논과 밭으로 잘 정리된 땅보다는 강원도에서 아직 개간이 덜 된 땅을 사서 논과 밭으로 개발하려 하셨지 않나 싶다.

지금도 강원도에는 여느 지역과는 달리 척박한 땅이 많은데 그 시절의 강원도 땅 개간은 얼마나 힘이 들었겠는가?

할아버지와 아버지가 강원도에서 벌이신 땅 개간 사업도 결국 실패로 돌아가고 말았다고 한다.

강원도 산골짜기 땅을 개간하여 너른 논과 밭으로 일구어서 이주해 보려던 할아버지와 아버지는 그 꿈을 접으시고 다시 경주 고향 집으로 돌아오셨다고 한다.

비록 전쟁 난리를 피해 강원도에서 땅 개간 사업을 벌이셨다고는 하지만 실패하시고 고향에 돌아오셨을 때에는 서간도에서의 실패도 있었으니 할아버지의 체면이 이만저만이 아니었을 것이다.

그런데 몇 년 지난 후에 또다시 할아버지는 새로운 사업을 벌이셨다고 한다.

전쟁 난리의 소문이 사라지기는 했었지만 할아버지는 농사일이 아닌 사업으로 성공하시고 싶으셨나 보다.

그때까지 몇 번의 실패도 할아버지의 의지를 꺾지는 못했었던 것이다.

이번에는 백자기를 만들어서 파시는 사업을 벌이시기 위해 할아버지와 아버지는 고향을 떠나 경상북도 청송으로 가셨다고 한다.

아버지가 할아버지와 함께 청송으로 떠나셨을 때에는 나보다 10살이 많은 누님이 아직 어렸을 적이었다고 한다.

나이 어린 딸을 고향 집에 두고 백자기 사업을 벌이기 위해 고향 집을 떠나셨던 아버지의 심적 고통이 얼마나 크셨을까?

할아버지 말씀을 거역하지 못하시고 청송 골짜기로 들어가기 위해 고향 집을 나오면서 아버지는 걸으셨던 길을 몇 번이고 뒤돌아보면서 성공을 다짐하셨을 것이다.

그러나 청송 백자기 사업도 실패로 돌아갔다고 한다.

농사를 지어 본 적도 없었고 무엇 하나 만들어 본 적도 없었던 할아버지와 아버지의 실패는 어찌 보면 당연했을지도 모를 일이다.

하지만 어린 딸을 두고 경상북도 청송 골짜기에 들어가셔서 백자기 사업을 벌이시다 실패하신 아버지는 낙담이 얼마나 크셨을까 하고 생각해 본다.

5. 아버지와 3·1 운동

1919년 3월 1일에 전국적으로 3·1 만세운동이 일어났다고 알고 있다.

아버지와 외삼촌은 젊은 시절이었기에 조선독립만세를 크게 외치며 동네 청년들과 함께 나라 잃은 설움을 폭발시켰단다.

외삼촌은 두동 면장을 지내신 외조부 밑에서 글공부를 많이 한 선비이셨다고 한다.

외삼촌은 젊은 청년 시절에 지리 측량 일을 보셨단다.

외삼촌은 지리 측량 업무를 하시면서 일본이 조선 국토를 본격적으로 활용하기 위한 계획을 알아차렸을 것이다.

그 시절에 일본은 우리나라를 일본 본토와 별 차이 없는 자기네 국토라고 여겼었기에 아무 거리낌 없이 세부 측량 사업을 벌였을 것이다.

일본의 무단정치 탄압에 시달려 오던 우리 민족은 민족자결주의 정신에 자극을 받아서 그동안의 피눈물 나는 식민탄압에 항거하여 독립하고자 하는 의지의 산물로 3·1 만세운동이 일어났다고 한다.

3·1 만세운동이 전국적으로 확산되었을 때에 경주의 우리 동네에

서도 사람들이 태극기를 들고 나와 만세를 불렀었고 아버지와 외삼촌은 젊은이로서 만세운동에 적극적으로 앞장섰던 것이다.

동네 사람들 앞에서 만세운동을 벌이셨던 아버지와 외삼촌은 일본 순사들에게 쫓기는 신세가 되었다고 한다.

만세운동의 주동자들로 몰리셨던 것이다.

아버지와 외삼촌은 3·1 만세 사건으로 감옥에 투옥될 뻔하였으나 일본 순사의 눈을 피해 상해로 망명길에 오르셨다고 한다.

대소가 어른들로부터 들은 바로는 내가 어머니 배 속에 있을 적에 아버지가 외삼촌과 함께 상해에서 망명생활을 하셨다고 하니 내가 태어나기 바로 전해인 1921년도에 상해로 망명생활을 떠나셨던 것 같다.

상해 망명생활을 시작한 지 3년 후에 아버지와 외삼촌은 경주 고향으로 돌아오셨다고 하니 내가 2살 때에 아버지는 갓난아기였던 나를 처음으로 보셨던 것이다.

6. 큰집

할아버지와 아버지가 만주며 강원도며 청송에서 사업하신다고 경주 집을 비우셨을 때에 고향 집 살림은 모두 큰아버지가 맡아 하셨다고 한다.

큰어머니는 친정집이 엄청 부잣집이었단다.

큰어머니가 시집오셨을 당시만 해도 우리 경주 집도 논과 밭을 굉장히 많이 짓던 부잣집이었는데 할아버지가 만주 서간도와 강원도에서 실패를 보시고 청송에서마저 사업 실패를 보셔서 재산이 점점 줄어드니 큰어머니의 상심이 무척이나 크셨을 것이다.

어렸을 적에 나는 큰집에서 살았었다.

큰집은 우리나라의 전형적인 남향집으로서 디귿자 모양의 초가집 세 채로 이루어졌었다.

문간채에 대문이 나 있었고 대문의 왼편으로는 사랑채가 있었으며 대문 정면으로 안채가 있었다.

안채는 뜰에서 몇 계단 올라서야 대청마루에 오를 수 있었고 대청

마루를 가운데로 안방과 건넌방이 자리하고 있었다.

집 마당이 꽤나 넓어서 대문을 들어서서 안채까지 걸어가려면 어린 나로서는 아주 멀게만 느껴졌더랬다.

안채 뒤에 있던 텃밭도 시원스럽게 넓었었다.

큰집을 둘러쌌던 담은 자그마한 돌들로 기다랗게 쌓여 있었는데 돌 틈 사이로 초록색 이끼들이 자라고 있었다.

텃밭에는 식구들의 반찬거리로 충분할 정도로 많은 양의 콩, 마늘, 배추, 무, 파 등을 길렀었다.

텃밭 모퉁이에는 감나무 몇 그루가 있었는데 노란 감꽃이 필 때면 초록색의 감 이파리와 어우러져 보기에 참 좋았었다.

바람이 세게 불면 감꽃이 노랗게 땅에 떨어지곤 했었는데 감꽃 안에는 눈에 보일락 말락 한 아주 작은 개미들이 여기저기 기어 다니고 있었다.

내가 어렸을 적에는 다들 먹을 것이 없었던지라 주전부리로 땅에 떨어진 감꽃을 먹었었는데 입으로 바람을 훅 하고 불어서 개미들을 없애고 감꽃을 먹어야만 했었다.

큰아버지와 큰어머니는 할아버지와 아버지가 고향을 떠나 계셨을 적에 살림을 도맡으셨으니 객지로 떠난 분들에 대한 그리움도 컸었을 것이고 또한 큰살림을 잘 챙기고 있어야 한다는 책임감도 크셨을 것이다.

큰어머니는 설날이나 추석 혹은 제삿날에 제사를 지내기 위해 대소가들이 큰집에서 함께 모일 때면 내 아버지가 사업한답시고 돈을 많이 날려서 살림이 점점 줄어들었다는 불평을 내비치셨다.

큰어머니는 그 시절에 얼마나 속상해하셨을까?

큰어머니가 어린 시절에 부잣집에서 자라셨고 나이 들어 부잣집으로 시집왔건만 시아버님이 시동생과 함께 만주며 강원도며 청송으로 다니시며 사업하시다가 재산을 많이도 축내셨으니 큰어머니로서는 속이 타실만도 하셨을 것이다.

내 할아버지는 성격이 무섭고 엄하셨으니 큰어머니는 아무리 불만이 많았어도 할아버지께는 무슨 말씀을 드릴 수 없었을 것 같다.

큰어머니가 속상한 일이 아무리 많다고 해도 할아버지한테 무슨 말씀이라도 하면 큰 야단을 맞을 것이라는 것을 큰어머니는 알고 계셨던 것이다.

큰어머니는 사업실패로 인하여 재산이 축나는 것에 대해 할아버지한테는 말씀드리지 못하고 자연히 내 아버지에게 불만을 토로할 수밖에 없으셨을 것이다.

그 시절 큰어머니의 마음도 속으로 타들어갔을 것을 생각하니 세월이 한참 지난 요즘에 가끔 큰어머니를 생각하면 마음이 짠해지곤 한다.

7. 어머니

어머니는 성이 신안 주가이셨다.

친정집이 경주 시내 광명동에 있었다고 한다.

친정집은 부잣집은 아니었어도 먹고살 정도의 재산은 있었다고 한다.

외갓집은 선비 집안인지라 외삼촌은 글공부는 많이 하셨으나 세상 물정에는 그리 밝지 못하셨을 것 같다.

어머니는 작지 않은 키에 얼굴에 덕이 있어 보였고 참으로 조용하시고 점잖은 분이셨다.

나를 가지셨을 때에 아버지는 상해로 망명을 떠나셨고 동생 호우를 가지셨을 적에는 아버지가 일본으로 가셨는데 일본으로 가신지 9년 만에 조선으로 돌아오셨으니 어머니도 고생이 많으셨을 것이다.

어머니는 아버지가 할아버지와 함께 만주, 강원도, 청송 등을 다니시면서 사업을 하시기 위해 고향을 떠나계셨을 적에 어머니 혼자서 누나와 동생 호우 그리고 나를 키우시느라 이런저런 고생도 많으셨을 것 같다.

어머니는 큰집에 가서 부엌일뿐만 아니라 삼베 삼는 일, 누에를 기르고 명주실을 뽑는 일, 대소가들의 음식 장만 일 등을 많이 도우셨다고 한다.

어머니가 아버지와 결혼을 하셨을 때에 할아버지가 집 한 채 지어서 제금을 내주셨는데 그 집에서 내가 태어났다고 한다.

내가 태어난 집은 큰집에서 5리 정도 떨어진 자그마한 집이었다.

집이라고는 하지만 흙벽돌로 지은 집에 살림살이도 없었고 바람이라도 세게 불면 금방 날아가 버릴 것 같은 그런 초라한 집이었다고 한다.

신혼살림 때에야 자그마한 집이었다고 해도 새집이었겠지만 집 짓는 사람이 아닌 일반사람이 지은 집이었으니 세월의 흐름에 금방 낡아 버렸을 것이다.

어머니는 누나가 어렸을 적에 만주로 멀리 떠나 버리신 아버지를 그리워하며 자그마한 오두막집에서 없는 살림살이로 고생을 참 많이 하셨다.

어머니 입장에서 보면 신랑이 시아버님과 함께 집을 떠나 있고 시아주버니 집에서 이런저런 잡일을 하시면서 아이들을 키워야만 했으니 속 타는 일이 오죽 많으셨을까?

뜨거운 햇볕이 내리쪼이는 한여름에 뽕나무 밭에 나가시어 뽕잎을 따다가 누에를 먹이시는 일을 할 때면 얼굴에 땀이 송송 흘렀다고 한다.

커다란 소쿠리를 머리에 이고 큰집에서 나와 뽕나무 밭까지 걸으실 때부터 이미 발걸음이 무거우셨다고 한다.

뽕잎을 한 소쿠리 따다가 누에들 위에 얹어 놓고서 사각사각 소리를 내며 뽕잎을 먹는 누에들을 보면 피곤했던 온몸이 그나마 가볍게

풀리셨다고 했다.

누에가 다 자라서 누에고치를 만들면 가마솥에 물을 뜨겁게 데워서 누에고치들을 그 뜨거운 물속에 담가 명주실을 뽑으셨다.

누에고치로부터 뽑은 명주실은 물레에 감겨져서 명주실로 혹은 베틀로 옷감을 짜서 장터에 나가 팔든지 집에서 새 옷을 만들어 입기도 했었다.

삼베옷을 짓기 위해서는 밭에다 삼을 심어서 키우고 삼이 사람 키보다 훨씬 크게 자랐을 때에 네모난 모양으로 만든 커다란 솥에다가 삼을 삶아서 삼 껍질을 베끼어 그 껍질로 삼베 실을 만들었었다.

삼나무에서 삼베 껍질을 벗기고 나면 새하얀 속살을 드러내는 삼나무들이 즐비한데 이것들을 햇볕에 말려서 땔감으로도 사용했더랬다.

어머니께서 큰집에서 여러 일들을 도와 가며 살아갈 수밖에 없었을 텐데 비록 형제 집안 사이라고 해도 겉으로 표현하실 수 없던 서운함도 가지셨을 것이다.

큰집에서 하시는 모든 일들은 어머님이 수동적으로 하실 수밖에 없으셨을 것으로 짐작된다. 어머니가 큰집에서 일을 도우셨을 때에 큰어머니로부터 내 아버지가 잘못하여 집안 재산이 줄어들었다는 말을 들으셨을 적에 얼마나 속상하셨을까 하고 생각해 보았다.

8. 아버지

아버지는 할아버지로부터 글공부를 엄히 받으셨다고 한다.

그 시절의 글공부는 충효사상을 강조했던 유학이 대부분이었을 것이다.

아버지로부터 글공부와 함께 부모에 대한 효도도 함께 배우셨을 테니 아버지로서는 할아버지의 말씀을 거역하실 수 없었을 것이다.

할아버지가 전쟁 난리를 피해 만주의 서간도로 이주하자고 하셨을 적에도 아버지는 순종으로 따라나셨으며 강원도로 가서 너른 땅을 일구어 농사를 짓자고 하셨을 때에도 할아버지께 아니 가겠다는 말씀을 못 드렸을 것이다.

두 번의 이주 계획을 실패하시고 고향 경주로 돌아왔을 때에 비록 할아버지와 함께 돌아오시긴 했었지만 집안사람들의 비난 눈총을 얼마나 많이 받으셨을까?

선비이셨던 아버지는 글공부는 많이 하셨으나 세상살이에 맞추어 사는 처세술에는 많이 약하셨다.

연이은 사업실패로 고향에 돌아와서 농사일을 도우며 사셨으나 내 외삼촌과 함께 세부측량 일을 주로 하셨다.

아버지는 내 외삼촌 그리고 집안 여러 어른들과 함께 세부측량 사업으로 전국을 돌아다니시다가 고향에서 3·1 운동을 만나셨다.

3·1 운동 당시에 동네 청년들과 함께 대한독립만세를 외치셨다.

비록 세상물정은 잘 모르셨으나 글공부를 많이 하신 아버지는 일본이 우리나라에서 저지르고 있던 각종 식민통지 만행에 대해 올바른 정도가 아님을 아시고 계셨다.

아버지는 외삼촌과 함께 동네 청년들과 태극기를 들고 대한독립만세를 외치며 식민통치의 울분을 터트리셨다.

3·1 만세운동으로 전국의 일본 순사들은 초긴장 상태였었고 주동자를 색출하기 위해 안간힘을 썼을 것이다.

아버지는 3·1 운동 만세 사건으로 일본 순사에게 쫓기게 되자 이를 피하여 상해로 망명길에 오르셨다.

상해로 망명을 떠나셨을 때에는 내가 어머니 배 속에 있었을 때였는데 망명 떠나신 지 3년 만에 아버지는 고향으로 돌아오셨다고 한다.

내가 어린 갓난아기였을 때 아버지는 상해에서 경주로 돌아오셨던 것이다.

경주 고향 집으로 돌아오신 후에 얼마 안 계시다가 일본으로 건너가셨다.

사기 사건으로 몰렸던 5촌 당숙을 피신시켜드리기 위해 5촌 당숙과 함께 일본으로 건너가셨다고 하니 아버지가 아니 계셨을 적에 어머니와 누나, 나, 그리고 호우 동생의 삶은 어렵고 힘든 나날들이 계속 이어졌더랬다.

아버지가 일본에 계셨을 때에 노동운동을 하신 적이 있었다고 한다. 그 바람에 공산당 빨갱이로 몰려서 일본 헌병들이 아버지를 찾으러 다니기도 했었다.

아버지가 농사일만 하셨더라면 고향에서 안전하게 우리 가족들과 함께 사셨을 텐데 글공부를 하셔서 오히려 더 많은 고생을 하셨던 것은 아닌가 하는 생각이 든다.

9. 아버지와 공산당

아버지가 3·1 만세운동 후 일본 순사를 피해 상해로 망명길을 떠
나셔서 경주 고향으로 돌아오셨을 당시에 나는 두 살의 갓난아기였
다고 한다.

고향에 돌아오신 아버지는 농사일을 간간히 도우셨으나 벼농사나
밭농사의 전반적인 일을 주도적으로 하지는 못하셨다.

아버지가 고향으로 돌아오신 후 얼마 안 되어서 사건이 하나 터졌
다고 한다.

작은집 오촌 당숙 한 분이 범실에 사시던 내 고모뻘 되는 사람의
논을 팔아서 술로 탕진해 버린 일이 생겼던 것이다.

아마도 당숙이 고모의 논을 팔아 준다고 해 놓고서는 논 판 돈으로
술을 사 먹으면서 이리저리 다 써 버렸던 모양이다.

이런 일이 발생하자 고모는 당숙을 사기꾼으로 지서에 고발해 버
렸다고 한다.

요즘 시대에야 길거리에서 순경을 보아도 자기가 죄만 짓지 않았

다고 하면 무서워할 이유가 없지만 그 당시에는 죄를 짓고 있지 않은 사람이라고 해도 아무 곳에서나 일본 순사를 보면 덜컥 겁부터 났고 오금이 저려 올 정도였었다.

일본 순사는 일단 범인으로 의심이 되면 자초지종을 물어서 죄의 유무를 판단하기 전에 일단 폭력부터 휘둘렀었다.

일본 순사는 조선인들을 자기네 일본 사람들하고는 비교가 안 될 정도로 많은 차별을 했었다.

우리나라 사람들을 조센진이라고 부르며 냄새나고 더럽고 무식하다는 선입견을 가지고 있었다.

조센진이라는 일본말은 조선인이라는 의미를 가지고 있지만 일본 사람들은 조센진이라고 말할 때에 우리 민족이 하찮은 존재라는 멸시를 강하게 나타냈었던 것이다.

그 당시에 어떤 사건이 발생하면 일본 순사나 헌병들이 범인을 잡아서 법으로 재판하기 전에 범인에게 폭력을 휘둘러서 팔다리가 부러지는 일들이 많았었다.

고모 논을 팔아서 술로 돈을 다 써 버린 오촌 당숙은 사기 사건으로 몰리게 되자 그 사건이 수그러질 때까지 일본 순사를 피하기 위해 고향을 떠나 어디서엔가 숨어 있어야 했다.

아버지는 오촌 당숙을 피신시키기 위해 당숙과 함께 일본으로 건너가셨다고 한다.

그때가 대정 12년, 1923년도였으니 내가 두 살 때 일이었었다.

고향을 떠나 사업을 벌이시다가 실패만 보시고 고향 집으로 돌아오셨다가 3·1 만세운동 때 중국 상해로 망명길에 오르시더니 이번에는 사기 사건으로 몰린 오촌 당숙을 피신시키기 위해 일본으로 떠나셨던 것이다.

일본으로 건너가신 아버지는 조선노동조합을 만들기 위해 일본 도쿄와 요코하마에서 노동운동을 전개하셨다고 한다.

그 당시에 일본 사람들은 노동운동하는 사람들을 공산당 혹은 빨갱이라고 불렀었다고 한다.

나는 공산당에 대해 잘 알지는 못하지만 공산당은 노동자 계급이 봉기하여 부르주아 계급을 무너뜨림으로써 평등한 사회주의를 만들자는 사상으로 알고 있다.

공산당의 초기에는 노동자들의 데모가 여기저기에서 발생했다고 한다.

그러한 시대에 아버지가 노동운동을 펼치셨으니 공산당으로 몰릴 수밖에 없었을 것이다.

아버지는 일본에서 고생하고 있던 조선 노동자들의 처우를 개선시켜 주고자 노동운동을 전개하셨을 것이다.

비록 농사일이나 다른 세상일들은 잘 처리하시지 못하셨어도 글공부를 많이 하신 선비로서 올바르지 못한 일들을 바라보시면서 그냥 참고 계실 수는 없었기에 노동자들 앞에 나섰던 것이다.

아버지의 이러한 성격으로 인하여 아버지도 고생 많으셨지만 아버지 밑의 우리 식구들도 갖은 고생을 안 할 수 없게 되었다.

10. 일본 순사로부터 시달림

아버지가 일본에서 노동운동한다는 사실이 우리나라의 순사들에게도 통보가 되었던 모양이었다.

내가 5살 무렵부터 일본 순사들이 우리 집을 특별 감시했었다.

내가 어렸던 어느 날 논 한가운데에 자리 잡은 우리 집을 향해 일본 순사 2명이 터벅터벅 걸어오고 있었다.

나와 동생은 일본 순사나 일본 헌병들을 마주칠 때면 너무나도 무서워했다.

일본 순사들은 허리춤에 일본도를 차고 있었고 각 잡힌 모자를 쓰고 있었는데 모자 밑으로 살짝 보이는 날카로운 눈매만 보아도 우리 어린아이들은 어찌나 무서웠던지 일본 순사 앞에서는 걸음도 제대로 걸을 수 없을 정도였었다.

동네에서 아이들끼리 떠들며 즐겁게 놀다가도 일본 순사가 나타나면 누가 먼저라고도 할 것 없이 다들 조용했었다.

어린아이들도 어른들로부터 이런저런 얘기들을 들었었기 때문이다.

죄 없는 사람들한테도 일단 범인으로 오인당하면 폭력을 휘두른다
는 것을 어린아이들도 잘 알고 있었기 때문이다.

일본 순사들은 우리 집에 찾아와서 아버지는 지금 어디 있느냐, 아
버지로부터 소식은 안 왔었느냐, 편지는 받았었느냐고 묻고서 되돌아
갔었다.

일본 순사들에게 대답하는 어머니의 목소리는 왠지 떨리는 듯했었
고 그 광경을 바라보던 나와 동생은 혹여 어머니를 지서로 끌고 가면
어떻게 하나 하는 불안감에 가슴 졸여야 했다.

일본 순사들이 우리 집에 자주 들러 이런저런 조사를 하고 돌아갔
다는 소문이 동네에 퍼져 나갔고 일본 순사들이 우리 집에서 무엇을
조사했었는지도 동네 사람들이 알게 되었다.

그 당시에 동네 사람들은 빨갱이라고 하면 겁이 나서 벌벌 떨었던
시절이었다.

빨갱이는 온몸 전체가 빨간색인 사람일 것이라고 오해하는 경우도
있었을 것이다.

일본 순사들이 아버지를 빨갱이라고 오해하여 우리 집에 종종 와
서 조사를 하고 가니 동네 사람들뿐만 아니라 일가친척들까지도 우
리 식구들을 겁내기 시작했었다.

아버지의 노동운동으로 인하여 동네 사람들은 우리 식구들에게 등
을 돌리기 시작했고 지나가다 우연히 동네 사람들을 만나도 일체 말
을 걸어 주지 않았었다.

아버지가 공산당 빨갱이로 몰리는 바람에 우리 식구들은 재산상의
손해도 받아야만 했었다.

아버지 친구에게 그 당시로부터 몇 년 전에 10원을 빌려 주었었지

만 영수증이 없다는 핑계로 빚을 갚아 주지 않았었다고 한다.

그 당시 10원을 요즘 돈으로 환산하면 수십 가마의 쌀에 해당하는 큰돈이었었다.

아버지 친구는 영수증이 없다는 핑계로 그 큰돈을 떼어먹었던 것이다.

설상가상으로 아버지가 빨갱이로 몰리는 바람에 우리 집의 전답 모두를 집행당했었고 살고 있던 우리 집도 빼앗기게 되어 우리 식구는 오갈 데가 없는 신세가 되었었다.

아버지가 우리 집에 안 계시는 것만으로도 우리 식구들은 살기가 힘들었었는데 빨갱이 집안으로 누명까지 쓰게 되었으니 어머니와 우리 식구들의 생활은 얼마나 어렵고 힘이 들었었겠는가?

일본에서 일하고 있던 노동자들의 권익을 보호해 준다는 좋은 취지로 아버지는 노동운동을 전개하셨으나 그로 인하여 아버지는 물론 한국에 살고 있던 우리 식구들도 험난한 삶을 살아야만 했었던 것이다.

11. 어머니의 큰집 살이

아버지는 일본에서 노동운동을 벌이셨기에 일본에서 빨갱이로 몰렸었고 더군다나 아버지의 노동운동이 조선의 순사들에게도 통보되어 우리 식구 삶의 터전인 집과 논밭을 집행당하게 되었었다.

이러한 처지에서 우리 식구들은 어디 갈 데가 없었기에 온 식구가 큰집으로 들어갈 수밖에 없었다.

어머니는 매일 새벽 4시에 일어나셨는데 천식이 심하셔서 기침을 자주 하셨다.

우리 식구들은 어머니의 기침 소리를 들을 때마다 큰 병에 걸리신 것은 아닌가 하고 걱정이 많이 되었었다.

내 누이는 17살이었고 나는 7살이었으며 내 동생이 2살 정도 되었을 때에 우리 식구 모두는 큰집에서 생활했었다.

옛날에는 집안일들이 참으로 많기도 했고 힘도 많이 들었다.

어머니와 누나는 큰집에서 부엌일과 빨래를 도왔었다.

그 시절에는 오늘날처럼 옷을 백화점이나 옷가게에서 사는 것이 아니라 일일이 만들어 입어야만 했었다.

여름에 입는 삼베옷도 집에서 만들어 입었었다.

삼베옷을 만들려면 일이 얼마나 많았던가?

우선 삼밭에 가서 사람 키보다 훨씬 크게 자란 삼을 베어서 뜨거운 물에 삶은 다음에 삼 껍질을 베꼈다.

삼 껍질을 베낀 후에 그것을 물속에 넣어 둬서 부드럽게 만든 다음에 물레에 감아서 삼베 실을 만들었었다.

삼베 실을 가지고 삼베옷을 만들려면 한 올 한 올씩 베틀을 짜서 만들었어야 했으니 시골일은 그야말로 너무 힘들고도 고되었었다.

어머니는 커다란 베틀 앞에 앉으셔서 발로는 베틀을 구르시고 손으로는 삼베 실을 한 올 한 올 넣으면서 삼베옷을 짜셨다.

어머니의 기침 소리가 덜커덩거리는 베틀 소리와 함께 내 귓가에 크게 들렸었다.

베틀 소리는 어머니가 하시는 노동의 힘겨움 소리였고 기침 소리는 어머니 건강의 힘겨움으로 들렸으니 이럴 때마다 일본에 계시던 아버지가 빨리 돌아오셨으면 하는 바람이 간절했었다.

그 시절에는 요즘처럼 양복이 아니라 모두 한복을 입었었다.

여름과 겨울에 옷 한 벌씩을 집에서 만들어서 입었었는데 여름옷으로는 삼베옷이었고 겨울옷으로는 명주옷이었다.

명주옷의 재료인 명주실은 누에고치에서 만들어지기에 누에고치를 만들기 위해서 누에를 길렀었다.

누에 기르는 일도 그 당시 시골의 여느 일과 마찬가지로 참으로 손이 많이 갔던 일이다.

매일 뽕 밭에 나가서 신선한 뽕잎을 따다가 누에들에게 먹이로 줘야만 했었고 누에 잠실의 위생 상태도 항상 깨끗하게 유지해야 했었다.

누에가 다 자라서 누에고치로 될 때까지 노심초사 누에들을 잘 먹이고 잘 다독거려 주어야 했다.

큰집의 사촌 누이들이 시집갈 때에 혼수 옷으로 명주옷을 해 가곤 했더랬다.

혼수 옷을 만들 때에는 다른 옷들보다 훨씬 많은 정성을 기울였을 것이라고 생각한다.

큰집 넓은 마당에서는 온 식구들이 둘러앉아 이런저런 일들을 함께 했었다.

비록 집이 크다고는 하지만 많은 식구들이 한집에서 살아나갈 때에 아무리 고생스러웠어도 서로 합심하여 가족 간에 화목하게 생활했었다.

12. 어린 나이로 밭 일구기

새벽 4시가 되면 할아버지는 내 이름을 불러 나를 깨우셨다.

나는 할아버지와 사랑방을 함께 사용했었고 어머니, 육촌 누나, 동생은 작은 방에서 눈이 어두우셨던 할머니와 함께 지냈었다.

작은 방은 너무 작아서 넷이서 다리 뻗고 편하게 잠잘 수도 없었다.

할머니는 눈이 어두워서 집안일은커녕 집 안에서도 자유자재로 혼자 다니시지를 못하셨다. 식구들이 할머니 수발을 일일이 챙겨드려야 했었다.

할아버지는 새벽잠이 없으신지 매일 나보다 일찍 일어나셔서 방 아랫목에 있던 옷걸이에 옷을 가지런히 정돈하시고 나를 깨우셨다.

그 시절의 옷걸이는 요즘처럼 개개의 옷마다 따로따로 분리된 형태가 아니라 기다란 나무 봉의 양옆을 끈으로 천장에 매달아 옷들을 나무 봉 위에 거는 방식이었다.

나는 매일 4시에 일어나 콩밭을 맨다든지 보리밭을 맨다든지 혹은 소에게 먹일 꼴을 베는 일들을 했었다.

한여름에도 새벽 4시가 되면 아직 어둑어둑해서 앞이 잘 보이지 않았었는데 졸린 눈을 간신히 뜨고 밭에 나가서 일을 하려면 여간 힘든 것이 아니었다.

숫돌에 날을 갈아서 시퍼렇게 날이 선 낫을 들고 새벽이슬을 머금은 꼴을 베다가 손가락 여기저기를 베여서 피가 난 적도 많았었다.

피가 철철 흘러도 따로 바를 약이 없었기에 쑥잎을 따서 살 속에서 솟아나는 피를 막을 수밖에 없었다.

그 당시로는 우리 논들에 물 대기가 쉬웠었다.

증조부께서 넓은 지형에 논밭을 일구시면서 관개시설까지 만드셨기에 우리 논들은 물 걱정을 다른 논들에 비해 덜할 수 있다고 할아버지께서 말씀 하신 일이 기억난다.

밭일을 하다가 집에 돌아올 때에는 소에게 먹일 꼴을 논둑에서 베어 가지고 꼴망태에 짊어지고 7시 정도에 집으로 돌아왔었다.

8시까지 아침을 먹고 8시에 다시 일터로 나가는 반복적인 일을 매일매일 해야만 했었다.

식사할 때마다 큰집에서 머물던 과객들과 곧잘 눈이 마주치곤 했었다.

과객은 일가친척과는 달리 남의 집에 며칠씩 묵고 있는 사람들을 칭하는 말이었다.

큰집에서 머물었던 과객들 중에는 충청도에 사셨던 분도 계셨었는데 그분은 한약방을 하시던 분이라고 했다.

그분은 참으로 오랫동안 큰집에서 과객으로 머물러 계셨더랬다.

할아버지는 몇백 석 살림을 하시면서도 강원도나 다른 지방 여기저기를 돌아다니셨으니 아시는 사람들도 많았었을 것이다.

거기에다 할아버지는 남들에게 베푸는 일을 참 좋아하셨다.

그러니 자연적으로 큰집에는 전국에서 모여드는 과객들이 끊이지 않았었다.

큰집 앞에는 양쪽으로 버드나무들이 길게 심어져 있었는데 나는 그 나무들을 뿌리째 뽑아서 나무 밑의 흙 속에 파묻혀 있는 돌들을 골라내어 논밭을 일구었다.

버드나무 한 그루를 뿌리째 뽑아내는 데에 무척이나 많은 괭이질과 삽질을 해야만 했었다. 어린 나이로 어른들도 하기 힘든 일을 혼자 해내었다며 동네 어른들은 칭찬을 많이 해 주셨지만 매일 저녁이면 어깨가 쑤시고 온몸이 천근만근처럼 무거워 이리저리 움직일 수조차 없었다.

버드나무를 뽑고 돌과 자갈들을 골라내어 논밭을 일구면서 넓디넓은 논밭을 일구셨던 증조부님이 생각났었다.

하지만 그 당시 8살이었던 나로서는 논밭 일구는 일이 너무나도 힘에 부쳤고 온몸에 피멍이 드는 고난의 연속이었다.

13. 고향을 떠나는 사람들

쇼와 9년, 즉 1935년도에 우리 동네에 철도가 새로 생겼다.

그 전까지는 개병철이라고 하여 조그맣고 길이도 짧은 기차가 다녔었다.

개병철은 철로의 폭이 좁았고 기차 칸도 많지 않아서 새로이 철도를 설치했던 것 같다.

동네 사람들 중에는 농사도 지으면서 철도 일을 했던 사람들도 있었다.

가난한 사람들은 농사일도 그리 많지 않았으니 자기네 집의 농사일과 더불어 동네 품앗이 일도 하면서 생활했었다.

그 시절에는 우리 동네 대부분 사람들이 가난했었다.

몇 마지기 안 되는 논과 밭을 일구면서 끼니를 때우다가 농사일에 철도 일까지 해 가며 하루하루 살아나갔었다.

그런데 동네에 몇 해 동안 연속하여 가뭄이 들었다.

풍년이 든다고 해도 얼마 되지 않는 식량으로 배고픔을 달래 가며 살았는데 가뭄이 이어지자 동네 사람들 중에는 식량이 떨어지는 사람이 생겨났다.

심한 가뭄으로 인해 재산이 웬만한 사람이 아니고는 다들 배를 곯기 일쑤였다.

고향에서 이렇게 살기가 힘들었으니 온 가족을 이끌고 만주나 혹은 일본으로 떠나는 사람들이 생겨났었다.

할아버지와 아버지는 전쟁이 일어날 것이라는 소문을 들으시고 고향을 떠나 만주 서간도로 이주하려 했는데 우리 동네 사람들은 배불리 먹기 위해 고향을 등진 것이었다.

철도 만들 때에 잡부의 하루 품삯이 10전이었다고 한다.

그 당시의 쌀 한 가마 값은 대략 6원 정도였다고 한다.

부잣집에서는 농사일이 많았던지라 집에 머슴을 두었었다.

머슴은 주인집에서 먹고 자면서 그 집의 농사일뿐만 아니라 집안의 모든 일들을 해 줘야 하고 품삯은 1년 단위로 받았었다.

큰 머슴의 경우에는 1년에 나락 넉 섬을 받았었다.

원래 머슴살이는 농사지을 땅이 없는 사람들이 남의 집 일을 하면서 돈을 모아 자기 땅을 장만하려고 시작하는 일이었다.

그런데 우리 동네에서는 머슴살이 1년 해서 번 돈으로 만주나 혹은 일본으로 밀선을 타고 고향을 등지는 사람들이 점점 늘기 시작했었다.

자기 집 일도 아니고 남의 집 일을 새벽부터 밤늦게까지 해야만 하는 머슴들은 매일매일 고된 삶이었다.

머슴살이하면서도 자기네 집일을 할 때가 생기는데 이때에는 머슴들이 주인들의 눈치를 얼마나 많이 봐야 했었겠는가?

하지만 머슴들은 1년 동안 남의 집 일을 해서 장만한 돈으로 외국에 나가서 큰돈을 벌겠다는 꿈이 있었기에 갖은 어려움도 참을 수 있었을 것이다.

부자가 되는 꿈을 안고 외국으로 떠났던 사람들이 가끔씩 고향으로 돌아오기도 했다.

그런데 만주로 돈 벌러 갔다 온 사람들은 거지 행세로 돌아왔는데 일본에 돈 벌기 위해 갔다가 온 사람들은 양복 행세로 돌아왔었다.

내가 생각하기에 일본에서 일하고 온 사람들은 어느 정도 성공한 듯했다.

일본에서 돌아온 사람들이 양복을 입고 다니는 것을 보고 나도 언젠가는 일본으로 밀항해야겠다는 결심을 가지게 되었다.

매일 새벽에 일어나서 밤늦게까지 일해도 고향에서는 뾰족한 수가 나지 않을 것 같았다.

나도 언젠가는 일본으로 밀항해서 돈도 많이 벌고 출세해서 대소가 친척들뿐만 아니라 동네 사람들에게도 인정받고 싶은 마음이 생겨났었다.

14. 어머니에게 화풀이

내가 새벽에 일어나서 밤늦게까지 일하고 오면 할아버지는 나에게 한자를 가르쳐 주셨다. 선비이셨던 할아버지는 내가 비록 소학교는 못 다닐지라도 사람은 배워야 한다며 글을 가르쳐 주시느라 애를 많이 써 주셨다.

그런데 어린 나이로 새벽부터 하루 종일 일하고서 밤에 집에 들어오면 어깨도 아프고 온몸이 피곤함에 쩌들었다.

글공부를 하려니 어찌나 졸음이 쏟아지던지 무서운 할아버지 앞에서 꾸벅꾸벅 졸기 일쑤였다.

내가 졸 때마다 할아버지는 곰방대로 내 머리를 세게 때리셨지만 쏟아지는 졸음을 참을 수가 없었다.

그 시절에 우리 큰집에 사촌 형제가 둘 있었다.

사촌 형은 나보다 9살이 더 많았었는데 약주를 참 좋아해서 동네 사람들과 자주 어울려 술을 마시곤 했었다.

사촌 형이 동네 청년들과 술을 마시면서 이런저런 이야기하던 중에 그들로부터 내 아버지가 빨갱이라고 하는 말을 들었던 것이다.

그 뒤로부터 사촌 형은 내 아버지가 공산당이라며 나를 놀리곤 했었는데 그럴 때마다 어찌나 화가 났었던지 참기가 무척이나 힘이 들었었다.

새벽부터 밤늦게까지 이어지는 농사일 때문에 육체적으로 매일마다 피곤한 상태인데 내 아버지가 공산당이라고 놀림을 당할 때면 정신적 고통까지 겹쳐서 도저히 참기 어려운 상태가 되어 버리곤 했었다.

그런 놀림을 당할 때마다 사촌 형한테는 아무런 말도 하지 못하고 혼자 들판에 나가서 먼 산과 함께 파란 하늘을 쳐다보았었다.

고향을 떠나 일본에서 살고 계시는 아버지가 보고 싶기도 했었고 나도 고향을 떠나 머나먼 객지에서 사는 편이 더 마음 편할 것이라는 생각도 들었었다.

고향을 떠나면 날마다 힘든 농사일을 안 해도 되고 더군다나 내 아버지가 공산당이라는 놀림 소리를 듣지 않아서 좋을 것만 같았다.

내 아버지가 공산당이라는 소리를 들을 때에 나는 어머니에게 화를 퍼부었던 적도 많았었다.

아버지가 정말로 빨갱이냐고 따져 물었었다.

아버지가 공산당이라며 동네 사람들이 흉을 보기에 창피해 죽겠다며 화를 냈었다.

그럴 때마다 어머니는 내게 아무 말씀도 아니 하셨다.

단지 오랜 천식으로 기침만 하셨다.

어머니는 내게 화도 아니 내시고 그저 내 등을 어루만져 주셨다.

화를 쏟아부었음에도 내 등을 어루만져 주시는 어머니를 대할 때면 나는 화를 풀어야만 했었다.

아니 화가 저절로 풀어졌었다.

그 시절의 어머니는 얼마나 힘이 드셨을까?

어머니께서도 동네 사람들이 내 아버지가 공산당이라며 수군거리는 소리를 많이도 들으셨을 것이다.

그럴 때마다 어머니도 가슴이 미어지도록 속상해하셨을 것이다.

일본에 계시는 아버지가 빨갱이로 오해받지 말고 경주 고향에 남겨둔 식구들을 생각해서 남들처럼 돈을 많이 벌어 왔으면 하는 기대감을 어머니인들 아니 가졌겠는가?

나보다 훨씬 많이 속상해하셨을 어머니에게 막무가내로 화풀이했던 일을 생각해 보면 어머니에게 무척 죄송했었다는 마음이 든다.

15. 친척집 방문

　농사일이 없던 어느 겨울날에 큰집에서 나와 버드나무가 길게 심어져 있는 길을 따라 외가에 간 적이 있었다.

　버드나무 사이 길은 추운 날씨로 땅이 꽁꽁 얼어 있었고 들판으로부터 차가운 바람이 불어와 얼굴이 시렸었다.

　겨울 한복을 입었다고는 하지만 옷 속으로 파고드는 추위에 손을 호호 불며 힘들게 외가에 도착했다.

　외가는 살림이 풍족하지 않았다.

　외가에 가느라 배가 고팠어도 먹을 것이라고는 없었다.

　외삼촌은 3·1 만세운동으로 일본 순사들에게 쫓기어 아버지와 함께 상해 망명길에 오르셨다가 고향으로 돌아온 지 얼마 안 되어 아버지가 계시던 일본으로 건너가셨다.

　외삼촌이 안 계시던 외가에는 외숙모님과 외할머니 두 분만이 사셨다.

　외가에 가면 나는 산에 가서 나무를 했었다.

시골에서는 밥을 할 때라든가 군불을 때기 위해서는 산에서 나무를 할 수밖에 없었다.

신발이 없어서 산에서 나무할 때에도 맨발 상태였었다.

여름에 맨발로 다니면 발바닥이 아픈 정도이지만 겨울에는 발바닥이 아픈 데에다가 발바닥이 시려서 걷기가 여간 고통스러운 일이 아니었다.

외가에 가서는 내가 비록 어린 나이였었지만 집안일들을 도우며 몇 달씩 묵은 적도 있었다.

아침에 일어나서 마당을 청소한다든지 낮에는 장작을 만들어서 처마 밑에 차곡차곡 쌓아 두는 일들을 했었다.

외가의 뒷산으로 올라가서 솔가지를 베기도 하고 나무 그루터기를 도끼로 캐기도 했다.

소나무 밑에 떨어져 있는 솔잎을 갈퀴로 긁어모아서 외갓집의 한 모퉁이에 쌓아 놓기도 했었다.

외삼촌이 안 계시던 외가를 내가 할 수 있는 일로 도와드리고 싶은 마음에서였다.

건천에는 오촌 친척이 살고 있었는데 거기에도 몇 번 간 적이 있었다.

건천은 큰집에서 50리가 넘는 꽤 먼 거리였다.

큰집에서 나와 동방을 지날 때에 동방 들녘에는 을씨년스런 바람이 불었었고 들녘 끝으로 남산이 자리하고 있었다.

경주를 지나 건천을 가려면 산 고개를 넘어야 했는데 고갯마루에는 자그마한 무덤이 있었고 무덤 앞에는 빨간 글씨로 새겨진 비석이 있어서 대낮에도 혼자 걸을 때면 무섭기도 했었다.

괘릉에는 큰 고모님이 사셨는데 거기에서도 몇 달 지낸 적이 있었다.

괘릉 갈 때에는 꽤 넓은 시냇물이 흘렀고 시냇물 위로 다리가 놓여 있어 경주에서 울산 가는 신작로를 이어 주었다.

시냇물 건너에 조그만 산이 있었는데 그 산에는 우리 조상들의 산소를 모셔 놓은 선산이 자리하고 있었다.

범실에 고모님이 사셨는데 거기에도 잠시 머물렀던 적이 있었다.

그 시절에 여기저기 친척집들을 돌아다녔어도 넉넉하게 산 집이 없었다.

가난하게 살아서였는지는 몰라도 나를 진정으로 반겨 줬던 기억이 나지 않는다.

매일 농사일로 쌓여만 갔던 육체적 피로감과 아버지가 공산당이라며 놀림을 당하던 정신적 고통으로부터 해방감을 가지고자 친척집들을 찾아다녔었나 보다.

위로받고 싶어 하는 나의 기대감이 너무 컸었기에 나를 반겨 주던 친척들의 관심과 사랑이 나에게는 양이 안 찼었던 것 같다.

실제로 다들 살기가 힘들어서 나를 챙겨 주기도 그리 쉽지 않았을 것이라고 나이 들어서야 이해가 가기 시작했다.

16. 흙벽돌로 우리 집을 지음

친척집 여기저기를 몇 달간 돌아다니다가 큰집에 다시 돌아와서 새벽 4시에 일어나서 일을 하기 시작했다.

큰집 사촌 형들은 내게 참으로 엄했었다.

무슨 일을 하다가 내가 실수라도 약간 하면 심하게 야단을 쳤었다.

그럴 때마다 나는 아무 말도 하지 못하고 그냥 참아내야만 했었다.

우리 동네 아이들은 모여서 들과 산으로 쏘다니기도 했고 만나서 서로 도란도란 이야기도 나누었었다.

그러나 나는 어린 시절에 동네 아이들하고 놀아 본 적이 전혀 없었다.

그들이 놀 때에 나는 일을 해야만 했었다.

때로는 아이들이 노는 것을 보면 짊어지고 있던 지게를 내던지고 나도 그들과 함께 놀고 싶었다.

동네 아이들하고 나는 처지가 달랐다.

동네 아이들 중에는 소학교를 다니는 아이도 있었다.

내게는 공부는커녕 해야 할 일들이 매일매일 쏟아져 나왔다.

아이들하고 놀지도 못하고 사촌 형들한테 야단만 맞고 살았으니 하루하루 생활이 재미있을 리 없었다.

내게는 피곤한 나날만 계속 이어지고 있었고 아무런 꿈과 희망이 보이지 않았다.

그 당시 철도가 우리 동네 한복판을 지나갔었다.

나는 철도 옆에 거의 쓰러져 가는 집을 10원 주고 사서 그 집을 뜯어 버리고 새로 집을 짓기 시작했다.

내 나이 12살 때였었다.

재목이나 지붕은 동네 어른들이 도와주셨지만 흙벽돌은 내가 직접 만들어서 벽을 세우고 방을 만들었었다.

앞산에서 삽과 곡괭이로 빨간 황토를 퍼서 지게로 짊어지고 와서는 물에 짚과 함께 개어서 맨발로 질퍽질퍽 밟아 가며 흙벽돌을 만들었다.

농사일이 없는 한겨울에 황토를 찬물에 개어서 맨발로 밟을 때에 발이 어찌나 시렸던지 발목이 끊어져 나가는 줄 알았다.

비록 큰 집은 아니었지만 세 칸 집을 짓고서 집 주위에 우물도 하나 팠었다.

어머니가 물 길러 다니실 때에 고생하실 것을 생각해서 우물을 팠었는데 그곳에서 맑고 시원한 물이 많이 솟아 나와서 다행스러웠다.

쇼와 11년, 즉 1937년에 중국과 일본 사이에 중일전쟁이 일어났었다.

중일전쟁이 일어나자 일본에서는 그때까지의 사상범들을 풀어 주기 시작했다.

중국과 전쟁할 때에 일본 국내뿐만 아니라 조선까지도 서로 뭉쳐서 중국과의 전쟁을 승리로 이끌겠다는 의미였을 것이다.

일본에서 공산당으로 몰려서 도망 다니며 사셨던 아버지도 더 이상 사상범으로 체포될 염려가 없었기에 안심하고 경주로 돌아오셨다.

그 시절에 나보다 10살 많은 누나가 20살에 시집을 가서 집에 없었기에 어머니, 나, 그리고 동생이 일본에서 돌아오신 아버지를 맞이했었다.

동네에서 사기 사건으로 몰린 오촌 당숙을 일본으로 피신시키기 위해 오촌 당숙과 함께 일본으로 건너가셨던 아버지가 일본에서 벌이신 노동운동으로 인하여 공산당으로 몰리셔서 도망 다니시다가 경주 고향으로 돌아오신 것이다.

일본 밀항과 불안한 일본 생활

1. 1차 일본 밀항―돈 1원 50전 꿈

큰집에서 날마다 농사일을 하다가 친척집에 가 보았어도 내 마음이 편하지 않았다.

어디를 가도 마음을 턱 놓고 앉아 있을 수가 없었고 또한 고향에서 그냥 있다가는 나의 미래가 전혀 없어 보였기에 늘 불안한 마음이 나를 지배하고 있었다.

내가 어렸을 적에 일본에서 일하다가 고향으로 돌아온 사람들을 보면서 일본 밀항을 결심했던 일이 생각났었다.

그런데 일본으로 밀항을 하려면 그 당시 돈으로 40원이 필요했었다.

그 당시 40원은 머슴살이 1년을 꼬박 채우고서 받는 나락 4섬을 쓰지도 않고 전부 팔아야 가질 수 있는 금액이었다.

일본으로 밀항하기 위해서는 밀항 배에 오르기 전에 선금으로 20원을 지불하고 배가 출항한 후에 배 위에서 나머지 20원을 지불해야만 했었다.

일본으로 밀항을 가고 싶어도 밀항 경비 40원이 없었다.

40원은커녕 내겐 1전도 없었다.

내 수중에 돈이 하나도 없는데 일본 밀항을 어떻게 갈 수 있을까 하고 고민하면서 동네 길을 걸어가다가 일본 밀항선이 곧 뜰 것이라는 이야기를 들었다.

나보다 7살이 적은 팔촌 동생인 시우와, 나이는 나보다 1살 적었던 건천의 오촌 당숙이 일본 밀항선을 탈 것이라는 이야기가 내게 들려왔다.

기회는 이때다 싶어 일본 밀항을 결심했었지만 그 당시 내게는 그야말로 땡전 한 푼 없었다.

쇼와 12년, 1938년 음력 10월 10일에 감포항 옆에 있는 배밑이라는 곳에서 밀항선이 출항한다는 것을 알아냈다.

밀항선이 일본으로 출발하기 바로 전날인 9일에 밀항선에 탈 사람들이 미리 약속한 장소에서 모인다고 했었다.

밀항선이 뜨는 장소와 사람들이 미리 모이는 장소 사이에 거리를 두었던 것이다.

아마도 일본 순사들에게 들킬 것을 우려하여 그렇게 하였을 텐데 나는 밀항선을 탈 사람들이 모이는 장소도 알아 두었었다.

그런데 문제는 밀항선을 타기 위한 차비가 없었던 것이다.

눈이 조금 나빠서 아무 일도 못 하고 동네에서 그냥 쉬고 있던 삼촌 한 명을 찾아갔다.

그 삼촌에게 돈을 조금 꿔 달라고 졸랐다.

삼촌이 나에게

"네가 돈은 왜 필요하냐?"

라고 묻기에 나는 몸이 아파서 약을 조금 사 먹으려 한다며 말을 돌렸다.

삼촌은 나에게 50전짜리 지폐 3장을 건네주었다.

태어나서 처음으로 돈을 빌려 보았다.

돈을 꾸어 준 삼촌에게 무척 고맙게 생각하고 있다.

1원 50전을 가지고 경주 고향을 떠나 일본으로 밀항하기 위해 어둑어둑해진 밤을 틈타 80리 떨어진 감포로 발걸음을 옮겼다.

경주에서 감포로 가는 길은 대부분이 산길로 이어졌다.

오른편의 토함산 자락에는 구름 사이로 반달이 떠 있었다.

음력 10월인지라 밤공기가 어느새 매서워졌다.

어머니께 인사도 못 드리고 떠나는 길이 무척 죄송스러웠다.

일본으로 밀항하려면 40원이 있어야 하는데 1원 50전만 가지고 밀항선에 무사히 승선할 수 있을지에 대한 불안감이 생겨났다.

그래도 무슨 방도가 있을 것이라는 기대감 속에서 고향 집을 나와 밤길을 걸었었다.

길을 걷다가도 문득 밀항선을 못 탈 것이라는 불안감도 있었지만 그럴 때마다 고향에서 육체적으로 고생했던 일들과 함께 정신적으로 멸시받아 왔던 일들을 머릿속에 되뇌었다.

그리고 일본으로 꼭 건너가서 성공하고 돌아오리라는 강한 의지력으로 두려움을 떨쳐 버리려고 노력했었다.

내 나이가 17세였다.

음력 10월이면 양력으로 11월 중순이었으니 초겨울 날씨인지라 밤바람이 내 옷 속으로 파고들어서 추위마저 느껴졌었다.

그러나 추위는 아랑곳하지 않고 어떻게 하면 밀항선을 탈 수 있을까 하는 생각으로 내 머리가 아파 왔었다.

배를 처음 타는데 배 멀미는 참을 수 있을지, 일본어를 모르는데 일본에서 생활할 수 있을지, 일본 경찰에 걸려서 다시 조선으로 쫓겨 오는 것은 아닐지, 내가 일본으로 밀항했다는 것을 부모님이 아시면 얼마나 걱정하실지 등등 이런저런 걱정 속에 걷다 보니 어느덧 80리 길을 걸어서 감포의 밀항선 모임 장소에 도달하게 되었다.

모임 장소는 어느 농사짓는 집 마당이었다.

마당에서는 밀항선을 탈 사람들이 모여서 저녁밥을 먹고 있었다.

그곳에서 국밥 한 그릇에 25전을 받았다.

국밥에서 모락모락 피어오르는 김이 어둑어둑한 달빛에 아른거렸다.

국밥의 구수한 냄새가 배고픈 나를 더욱 배고프게 했다.

17세 젊은 시절이라 밥도 많이 먹을 나이였고 80리 밤길을 걸어왔으니 얼마나 배가 고팠겠는가?

비록 가진 돈은 적었지만 나도 배가 고파서 국밥 한 그릇 값으로 50전 지폐를 건네고서 잔돈으로 25전을 받았었다.

국밥을 먹으면서 밀항선을 타기 위해 모여든 사람들의 얼굴을 면면히 바라보았다.

저 사람들은 무슨 사연으로 밀항하려 하는 것일까?

나처럼 젊은 사람들도 있었고 이미 결혼하여 나이가 어느덧 들어 보이는 아저씨들도 눈에 띄었다.

저 사람들은 일본에서 일자리를 미리 약속받고 있는 것일까?

이런저런 생각을 하면서 그 사람들 모습을 쳐다보았는데 모두들 굳은 표정으로 서로들 말도 하지 않은 채 저녁밥을 힘없이 먹고 있었다.

2. 1차 일본 밀항-몰래 배에 오름

밀항선 타는 사람들을 모으는 반장 격인 사람이 있었다.

반장은 밀항하려는 사람들을 모으는 일뿐만 아니라 밀항하는 사람들이 집에서 입고 왔던 한복을 양복으로 갈아입혀 주고 입었던 한복을 본인들의 집까지 가져다주고서 25전씩 받았다.

양복으로 갈아입는 것은 일본 땅에 내려서 겉으로 일본 사람처럼 보이게 하기 위해서였다.

나는 양복 살 돈이 없어서 그냥 입었던 저고리와 바지를 입고서 밀항선에 올라타기로 했다.

돈이 없던 내게는 일본 땅에 내려서 붙잡힐지도 모른다는 걱정보다 당장 배 삯 없이 밀항선을 안전하게 탈 수 있느냐가 더욱 큰 두려움이었다.

모임 장소 마당에서 저녁으로 국밥을 먹고 나서 1원 25전의 지폐 3장을 윗저고리에 한 장, 허리춤에 한 장, 하의 바지에 한 장씩을 감췄다.

어차피 밀항선 차비는 모자라니까 밀항선을 몰래 타기로 하고 일본에 내려서 혹시 돈이 필요할까 봐 돈을 미리 숨겼던 것이다.

밀항선 차비 20원을 반장에게 지불한 일행은 모두 다 해서 70여 명이었는데 이들은 반장 인솔하에 줄을 지어 밀항선이 기다리고 있는 장소로 이동했다.

밀항선이 정박해 있는 곳은 모임 장소로부터 30리나 멀리 떨어진 곳이었다.

나는 밀항선 차비 20원을 내지 않고서 반장 몰래 사람들 틈에 끼여 밀항선이 정박해 있는 곳까지 걷고 또 걸었다.

아무리 밤이라고는 하지만 차비를 안 낸 나로서는 행여 걸릴까 봐 여간 불안한 것이 아니었다.

80리 밤길을 걸은 후에 다시 30리 밤길을 걸어도 피곤하지 않았다.

오직 반장에게 걸리지 않고 무사히 밀항선에 오르기만을 바라면서 초겨울 밤의 찬바람 속을 걸었다.

그때까지 나는 배를 본 적이 없었다.

배는커녕 바다도 태어나서 처음으로 봤었다.

처음 본 바다는 넓고 시원했다.

잔잔하게 밀려오다가 바위에 부딪치면서 하얗게 부서지는 파도는 밤이라서 무섭기도 했었다.

바닷물은 어디서 오는데 저리도 넓을까 하는 생각도 들었고 철썩철썩거리는 파도 소리가 때로는 천둥소리처럼 들릴 때도 있었다.

난생 처음으로 바라본 바다는 너른 세상으로 나가는 출발 기점으로서 신기하기도 했고 또한 두렵기도 했었다.

수평선 저 너머에 새로운 육지가 있을 것 같지 않았다.

아무리 가도 바닷물만 이어질 것처럼 보였다.

30리 길을 걸어가니 바위 틈 사이로 밀항선이 보였다.

배는 통통배였는데 배에 오르기 위해 바지 자락을 올리고 바닷물을 건너야 했다.

바닷물 속에 발을 담굴 때에 바닷물이 꽤나 차가왔었다.

사람들이 모두 배에 오르자 배는 바닷가를 떠나 너른 바다 한가운데로 서서히 움직이기 시작했다.

배가 바닷가를 떠나 육지에서 점점 멀어지니 감포 앞바다의 산 능선들이 점점 낮아지기 시작했다.

드디어 고향을 떠나 밀항선을 타고 일본으로 가고 있다고 생각하니 앞날에 대한 두려움과 함께 기대감도 커지게 됨에 따라 그동안 내 몸 속에 머물고 있던 피로감과 자멸감이 한순간에 사라지는 듯했다.

그러나 배가 육지를 멀리 떠나 바다 한가운데로 나가자 반장이 전체 40원에서 선금을 뺀 나머지 20원을 걷으러 배 위를 다니는 모습이 보이기 시작했다.

'드디어 올 것이 오는구나'라고 생각했다.

밀항하기 위해 배를 탄 사람들 중에는 40원 차비 중에서 선금으로 20원만 준비한 사람들도 끼어 있었다.

반장이 배 위에서 잔금 20원을 걷을 때에 그 사람들은 돈이 없어서 돈을 못 냈었다.

돈이 있어도 일부러 돈이 없다며 잔금을 안 내려 한 사람들도 있었다.

반장들은 일종의 조직폭력배들이었던지라 사람 패는 데에는 일가견들이 있었다.

그들은 배 뒤에서부터 20원을 걷는데 돈을 안 내는 사람들은 발가

벗겨 버린 후에 몸에 숨긴 돈을 찾아내며 찾는 대로 다 뺏어 버렸다.

고분고분 말을 듣지 않을 때에는 주먹으로 온몸을 때리며 발길질을 질러댔었다.

배 삯을 안 내고 배를 타서 불안했었는데 잔금을 받기 위해 무자비하게 폭력 휘두르는 것을 바라보니 불안하고 겁이 나기 시작했다.

일본 항구에 도착하기 전에 반장들에게 맞아 죽을지도 모른다는 두려움도 생겨났다.

배를 처음 타 본지라 배의 구석진 곳이 어딘지 잘 몰랐다.

어디에 자리를 잡을까 생각하다가 배의 맨 앞에 로프나 연장들을 넣어 놓는 조그만 창고가 눈에 들어왔다.

그 창고 속으로 들어가서 배를 깔고 엎드려 있었다.

잔금을 안 내는 사람들에게 주먹질과 발길질하는 소리와 함께 매 맞는 사람들의 고통 어린 신음 소리가 점점 가까이 들려옴에 따라 불안감이 극에 달했다.

3. 1차 일본 밀항 – 매 맞으며 일본에 도착

드디어 내 차례가 되었다.

내 앞에 서 있는 반장의 모습은 그야말로 몸집이 크고 얼굴이 험상 궂었다.

그는 나에게

"어이, 이름이 뭐야? 인솔 반장이 누구였었나?"

라고 물어 왔다.

방금 전까지는 두려움이 온몸을 감쌌었는데 바로 앞의 반장을 보면서부터는 오히려 대담해지기 시작했다.

더 이상 물러설 곳도 없었기에 두려워할 이유도 없었던 것이다.

반장에게 솔직하게 말했다.

집에서 도망 나와 밀항선을 탔기에 내 수중에 돈이 없다고 말이다.

비록 지금은 돈이 없어서 배 삯을 지불 못 하지만 나중에 벌어서 꼭 갚겠다고 말했다.

그러나 아무런 소용이 없었다.

내 말을 듣고 있던 반장은 얼굴이 일그러지기 시작했다.

반장은

"뭐? 나중에 갚는다고?"

라면서 내 뺨을 후려갈기고 내 몸을 발로 찼다.

다른 반장들도 함께 나에게 폭력을 가해 왔다.

반장들 중 한 사람이 팔꿈치로 내 어깨를 내리쳤다.

온몸에 기운이 빠져 버렸고 스르르 배 바닥에 넘어졌다.

넘어져 있는 나를 향해 그네들은 내 뺨을 갈겼다.

뺨을 안 맞으려고 두 손으로 얼굴을 감싼 내 손에 코피가 묻어 나왔다.

그런데도 그들은 내 뺨을 연신 갈겨댔다.

코에서 뻘건 피가 솟구치기 시작했다.

그네들은 나를 발가벗겨 온몸을 뒤지기 시작했다.

아무리 뒤져 봐도 허리춤에 감췄던 50전밖에 안 나오자 그 돈을 빼앗으며 또다시 나를 패대기쳤다.

그네들은 씩씩거리며 나를 떠나 다른 사람에게 향했다.

배 바닥에서 일어나려 했으나 온몸이 아파서 일어나지를 못했다.

내 얼굴은 내가 흘린 코피로 피범벅이 되었다.

죽을 뻔할 정도로 매를 많이 맞았어도 눈물이 나지 않았다.

어차피 모든 고생을 각오하고 돈 없이 밀항선을 탔었기에 오히려 앞으로 다가올 그 어떤 어려움도 참아내야겠다는 의지가 더욱 강해졌다.

이를 악물며 내 몸을 추스르고 일어날 때에 바다 위 하늘에는 노란 달이 둥둥 떠 있었다.

온몸이 아파서 잠도 제대로 못 자고 새벽을 맞이했다.

새벽 5시 정도가 되니까 가랑비가 조금씩 내리기 시작했다.

우리들이 탄 밀항선은 돛을 단 통통배였다.

엔진이 작아서였는지 속도가 빠르지 않았다.

처음에는 가랑비가 조금씩 내리더니 이내 폭풍우로 변하였고 그 폭풍우 속에 우리들이 탔던 자그마한 배는 높은 파도에 쏠려 휘청거리기 시작했다.

바람이 거세지자 통통배 위에 매달려 있던 돛이 부러져 버렸다.

검푸른 파도가 높이 치면서 바닷물이 배 위로 넘쳐 들어오기 시작했다.

하루 동안 폭풍우가 치더니 언제 그랬냐는 듯 바다는 다시 조용해졌다.

폭풍우가 안 칠 때에도 배가 워낙 작은지라 웬만한 파도에도 배가 이리저리 휘청거렸고 나는 뱃멀미가 심해서 물 한 모금도 못 마신 채 6일 동안을 배 위에서 버텨 내야만 했었다.

감포 육지에서 먹었던 국밥 한 그릇은 뱃멀미하자마자 토하고 말았었다.

밤낮으로 6일을 바다 위에서 고생하다가 드디어 음력 10월 16일 아침 9시에 일본 땅에 도착했다.

밀항선이 도착한 일본 땅은 나가사키 사세보 항이었다.

1주일 동안 음식은커녕 물 한 모금도 못 마신 사람들이 대부분이었으니 사람들이 얼마나 지쳐 있었겠는가?

통통배가 정박하자 배에서 육지로 발을 디뎠는데 제대로 걷는 사람이 없었다.

뱃멀미와 배고픔에 지쳐서 몇 걸음도 못 걸은 채 그 자리에서 쓰러져 버리는 사람이 많았다.

비록 1주일 동안의 뱃멀미로 몸은 지쳐 있었으나 무사히 일본 땅에 도착했다는 안도감이 생겨나서인지 항구 주변을 이리저리 두리번거렸다.

나의 일본 생활에 아무 탈이 없기를 바라면서 무거운 발걸음을 한 발씩 옮겨 디뎠다.

4. 1차 일본 밀항 – 경찰서에 끌려감

나가사키 현의 사세보는 메이지 시대 초기까지는 800여 가구 정도의 한촌이었으나 1886년 일본 해군기지가 들어서면서부터 급속히 발전한 군사도시라고 했다.

사세보 항은 뒤로 산이 병풍처럼 펼쳐져 있고 바닷물도 무척 맑았다. 그야말로 아름다운 항구도시였다.

감포 항에서 밀항선 탄 사람들을 사세보에서 내려 준 것은 사세보에서 간척사업의 노동일을 얻을 수 있기 때문이었던 것 같다.

우리들이 육지에 내려서 함바 식당에 들어가니 하얀 쌀밥에 김치가 있었고 따뜻한 우거짓국이 있었다.

배 타고 오면서 1주일을 굶었기에 얼마나 배가 고팠었겠는가?

쌀밥에 김치에 우거짓국에 밥을 잔뜩 먹었다.

그때 먹었던 쌀밥은 참으로 맛이 기가 막혔다.

70여 년이 지난 요즘에도 그때 먹었던 쌀밥의 맛이 가끔 생각난다.

사세보 해군기지 안에서는 다이너마이트로 산을 폭파해서 거기에

서 나오는 자갈과 흙으로 바다를 메우는 일종의 간척공사를 진행하
고 있었다.

일본이 전쟁을 하는데 해군의 중요성이 커짐에 따라 해군기지를
보다 크게 넓히고자 벌인 공사였던 것 같다.

나는 거기에서 일하는 사람들 틈에 끼여 아침 7시부터 저녁 5시까
지 일을 했었다.

다이너마이트로 폭파된 자갈과 흙을 퍼서 리어카에 실어 바닷가로
나르는 일이었다.

하루 품삯으로 3원 50전을 받고 일했다.

그 당시에 조선 땅에서 철도공사 일을 하면 해가 뜨지 않은 새벽에
시작하여 캄캄한 밤까지 일해도 35전밖에 못 받는데 그곳의 품삯은
상당히 많은 편이었다.

이틀 일을 하고 사흘째 일터에 나가 보니 경찰서에서 형사가 와 있
었다.

형사는 중일전쟁으로 일본 전체가 바쁘던 차에 조선에서 넘어온
사람들이 수고를 많이 해 주니 일본에 큰 도움이 되고 있다는 격려
차원의 말을 했다.

그러고서는 밀항선을 타고 왔으니 고향에 있는 부모님들이 걱정하
실 것 같아서 고향으로 편지를 보내려고 하니 경찰서에 가서 성명과
고향 주소를 말해 주고 내일부터 열심히 일하라는 것이 아닌가.

그 형사를 따라나섰던 사람 수가 30여 명 되었다.

그런데 경찰서에 들어서자마자 형사의 태도가 돌변했다.

우리들을 경찰서 안의 차가운 방 안에다가 꿇어 앉혔다.

몸을 기울여서 벽에라도 기댈라치면 몽둥이로 우리들을 사정없이

내리쳤다.

우리들은 44일 정도를 꿇어앉은 채로 경찰서에 갇혀 있어야만 했다. 아무런 조사도 없이 말이다.

11명씩 세 방에 나누어 넣고서 복도에서 3명의 순사가 우리들을 지켰다.

3명의 순사들 중에서 2명은 조용한 편이라서 편했지만 키가 작고 안경을 낀 스키하라 순사는 심심할 때면 방에 들어와서 유도 연습한 답시고 벽에 기대어 졸고 있는 우리들을 이리 던지고 저리 던지며 못 살게 괴롭혔다.

스키하라 순사는 자기보다 힘 센 사람이 잘 넘어가지 않으면 건방지다고 때리고, 너무 잘 넘어가면 재미없다며 때리곤 했다.

작달막한 키에 배가 볼록 튀어나왔고 얼굴이 까무잡잡한 그 순사를 볼 때면 우리들은 치를 떨며 무서워했다.

5. 1차 일본 밀항—부산항으로 쫓겨 나옴

경찰서에서 감금당하면서 이리 맞고 저리 맞은 지 45일이 지나자 경찰들은 우리들을 트럭에 태우고서 나가사키 사세보 항으로 보내 버렸다.

3명의 순사가 우리들을 인솔해서 부산으로 출발하는 배에 태웠다. 강제출국을 당한 것이다.

배가 출발하면서 사세보 항이 점점 멀어질 때에 착잡한 마음을 금할 수 없었다.

그리도 어렵게 밀항선을 타고 일본에 왔건만 일도 제대로 해 보지 못하고 조선 땅으로 되돌아가야 한다니 내 신세가 너무 한심스러웠다.

우리들이 탔던 배는 3일 동안 바다를 항해하여 이키 섬에 도착했다.

3일 동안 아무것도 먹지 못하고 뱃멀미에 시달렸던 우리 일행들 중에서 몇몇 사람들이 여기저기에서 쓰러지기 시작했다.

그러자 일본 순사들은 우리들이 가지고 있는 돈으로 뭔가 먹을 것을 사려 했다.

그들은 우리들에게 있는 돈을 다 내놓으라며 다그쳤으나 우리들은 경찰서에서 이미 가진 돈 전부를 빼앗겼기에 돈이라고는 한 푼도 없었다.

그래도 33명 일행들로부터 돈을 거두니 가까스로 7원이 모였다.

순사들은 이키 섬에 내리더니 7원으로 고구마 2가마를 사 가지고 배에 올랐다.

고구마를 커다란 솥에 넣고 삶기 시작하려 했으나 우리들은 어찌나 배가 고팠던지 고구마를 삶기 전에 생것으로 잔뜩 먹어 버렸다.

빈속에 생고구마를 많이 먹어서였는지 피가 목구멍으로 넘어오기 시작했다.

내 배 속이 얼마나 상했으면 생사람 목구멍에서 피가 나올까라고 생각하며 입에 고인 피를 연신 뱉어냈다.

밀항선 타고 일본에 와서 돈 좀 벌려다가 몸만 형편없이 망가져 버리는 것은 아닌지 걱정만 쌓여 갔다.

사세보 항에서 강제 출국시키기 위해 우리들을 태웠던 배는 그해 12월 26일에 부산항에 도착했다.

부산항에 도착하니 한겨울에 부는 바람이 어찌나 매서웠던지 살을 에는 듯한 아픔이 시작되었다.

부산항에 도착하자 일본 순사들은 부산역 뒤에 있던 수산경찰서로 우리들을 넘겼다.

수산경찰서에서는 우리들을 부산항 창고 구석에다가 가두고 꼼짝달싹도 못 하게 무릎을 꿇렸다.

옷이라고는 일본에서 일할 때 입었던 작업복 하나 걸치고 있었는데 그 겨울의 부산항은 살점이 떨어져 나갈 정도로 추웠다.

추운 겨울밤 날씨에 잠을 잘 때에는 창고 속의 냉기가 어찌나 셌던지 창고 지붕이 아예 없는 것처럼 느껴졌다.

겨울밤 바람이 차갑게 불 때에 잠자던 우리들은 조그만 이불을 서로 당겼고 이내 이불이 조각조각 찢겨져 버려 나중에는 이불이 온 데 간 데 없어져 버렸다.

아무리 강제 출국당한 사람들이라고는 하지만 일본 순사들은 우리들을 사람 취급하지 않았다.

수산경찰서에 있던 순사들도 심심하면 말을 듣지 않는다고 우리들을 사정없이 팼었다.

우리들을 보호해 줄 사람은 우리나라에조차 아무도 없었다. 하기야 나라를 잃은 국민이 무슨 말을 할 수 있었겠는가?

더군다나 일본 땅에서 쫓겨 나온 주제에 말이다.

6. 1차 일본 밀항–경주 고향으로 되돌아옴

사세보 항에서 강제 출국당해 배를 타고 부산항에 도착한 후 부산항 창고 구석에서 감금생활을 한 지 며칠이 지난 어느 날 오전 10시 반 정도에 일본 순사들이 우리 일행들을 한 명씩 불렀다.

순사들이 집에 갈 여비가 없지 않느냐면서 영도 항에서 일하면 우리들에게 돈을 주겠다고 했지만 일할 힘이 없으니 그냥 여비 좀 달라며 슬슬 피했다.

그러자 순사들은

"이것들이 일도 안 하고 남의 생돈을 먹으려고 하네."

라고 말하며 발길질로 우리들을 걷어찼다.

이런저런 상황을 봐서는 거기 그대로 남아 있다가는 일은 일대로 하고 돈도 못 받을 거라는 생각이 들었다.

마동에 살던 나보다 한 살 더 먹은 한 친구에게 그곳에서 함께 도망치자고 제안했다.

나는 그 친구에게 부산역에 가면 잡힐지 모르니 초량역까지 걸어

가서 거기에서 경주 가는 기차를 타자고 말했다.

내 수중에는 50전이 있었다.

초량역에서 배가 고파 5전 하는 우동 한 그릇씩 사 먹고 초량역에서 한 정거장 가는 기차표를 5전에 샀다.

불국사역까지의 요금이 75전이니 어차피 돈이 모자라서 경주까지 기차 타고 가는 것은 불가능하였기에 한 정거장 기차표를 사서 기차 안에 몰래 숨어서 경주까지 갈 수밖에 없었다.

기차에 오르니 부산항의 겨울 바닷바람이 기차 창문 사이로 세차게 들어왔다.

기차 창문을 통해 부산 해운대 앞바다가 눈에 들어왔다.

파란 바다가 넓게 펼쳐져 있었고 해운대 모래사장에 하얀 파도가 넘실거렸다.

기차가 해운대에 도착하자 차표 조사원이 기차에 올라탔다.

우리들은 이제 기차표가 없는 셈이나 마찬가지이니 차표 조사원의 모습을 보자 겁이 덜컥 났다.

기차가 송정리에 섰을 때 우리들은 내렸다가 다른 칸으로 다시 올라타서 조사원으로부터 간신히 피할 수 있었다.

나는 차표 조사원이 나타날 때마다 자리를 옮기며 요령껏 피해서 불국사역에 도착할 수 있었다.

그 친구도 불국사역에 도착했는데 어디서 숨어 있었느냐고 물으니 해운대에서부터 계속 화장실 안에서만 있었다고 했다.

불국사역에서 나와 철길을 건너 집에 도착했다.

음력 10월 10일에 집에서 몰래 나와서 같은 해 음력 12월 28일에 집에 도착했으니 두 달 보름 만에 집에 되돌아온 것이었다.

집에 들어가니 아버지가 나를 무척 야단치셨다.

아버지는 어머니에게

"당신이 아이를 잘못 키워서 애가 집을 나간 것 아니냐?"

라며 화를 퍼부으셨다.

나는 방 한쪽 구석에서 고개를 떨어뜨린 채 아무 말도 하지 않고 앉아 있었다.

밀항선 타고 일본에서 쫓겨 나와 다시 고향에 오니 동네 사람들 보기도 좀 그렇고 하여 집에만 틀어박혀 있었다.

심지어 설날에도 그냥 방구석에 처박혀 있었다.

하루하루 집에 있는 일도 참기 힘들었고 밖으로 나가자니 어디 특별하게 가고 싶은 곳도 없었다.

정월이 지나고 2월로 접어드니 일본으로 떠나는 밀항선 이야기가 내 귀에 들어왔다.

나는 밀항선 이야기에 귀가 솔깃해졌다.

고향에 도저히 있을 수가 없었으니 하루라도 빨리 고향을 떠나고 싶은 마음뿐이었다.

아버지의 잔소리가 참기 힘들었고 더군다나 나로 인해서 아버지가 어머니에게 화를 내셨기에 어머니에게 죄송스러운 마음으로 가득 차 있었다.

빠른 시일 내에 다시 밀항선을 타야겠다고 굳게 마음먹으면서 하루하루의 나날들을 아무런 말도 없이 혼자 보내고 있었다.

7. 2차 일본 밀항―나가사키 해군기지에 도착

쇼와 13년, 1939년 음력 정월 초하루는 양력으로 2월 중순경이었다.

정월 초하루인 설날을 맞이하여 고향 경주에서도 이 집 저 집에서 잔치도 벌이고 제사도 지냈으나 나는 집 방구석에만 처박혀 있었다.

어느 동네 친구로부터 그해 음력 2월 20일에 일본 가는 밀항선이 뜬다는 이야기를 들었다.

나는 아무 말 없이 밀항선 타는 날만 기다렸다.

드디어 음력 2월 20일에 집을 나와 감포항으로 향했다.

음력 2월이었는데 양력으로는 4월 초라서 봄기운이 완연했었다.

논두렁에는 벌써부터 파란 새싹들이 나오기 시작했고 벚꽃도 꽃망울을 곧 터트릴 준비를 하고 있었다.

집 밖으로 몰래 나오면서 이번에는 일본에 가서 경찰한테 걸리지 않고 오래 머물면서 돈도 많이 벌어 오겠다고 다짐했다.

2차 밀항선을 탈 때에도 나는 돈 한 푼 없이 밀항선에 올랐다.

1차 때와 같이 모임장소에서 밀항선 뜨는 장소로 이동할 때에 일행들 틈에 몰래 끼어서 밀항선에 탈 수 있었다.

1차 때와 같이 이번에도 배 삯이 없어서 반장들한테 매를 맞아야만 했었다.

나를 가운데에 두고 내 뺨을 후려치고 내 배를 걷어찼다.

뺨이 얼얼하고 숨이 턱 막힐 정도로 배가 아팠어도 어찌할 수가 없었다.

돈 안 내고 배를 탔던 내가 그들에게 매 맞는 것 말고 무엇을 할 수 있었겠는가?

배 안에서 그들의 폭력을 참아 가며 간신히 몸을 추스르고 일어나서 바다를 바라보니 1차 때와는 다르게 폭풍우도 없이 잔잔한 파도만 흔들거렸다.

2차 밀항선을 탈 때에도 일본의 나가사키 해군기지에 도착했다.

1차 때에는 겨울이라서 날씨가 추웠었는데 이번에는 따스한 봄 날씨라서 일하기에 약간 편했었고 해가 길어져서 일이 끝나도 여전히 환한 대낮이었다.

새벽 7시부터 자갈과 모래를 나르는 일을 시작해서 일이 끝나면 바다에서 고기를 잡았다. 나가사키 해군기지 해변에는 썰물 때에 물이 빠지면 미처 빠져나가지 못한 날치들이 물웅덩이에서 펄쩍펄쩍 뛰었다.

물웅덩이 안으로 들어가서 손으로 날치를 잡았다.

1시간 정도면 소쿠리 하나 가득 날치를 잡을 수 있었다.

그때에는 일본 사람들이 날치 고기를 전혀 먹지 않아서 우리들은 매일 일 끝나면 날치를 잡아서 저녁식사 때에 구워서 먹기도 하고 매운탕으로 끓여서 먹기도 했다.

하루는 물웅덩이에서 날치를 잡고서 바닷가 언덕에 있는 도로 가에서 발을 내밀고 발에 묻은 갯벌 흙을 씻어 내려 할 때에 발을 그만 잘못 디뎌서 언덕 아래로 데굴데굴 구르다가 발을 바닷조개 껍질에 부딪치고 말았다.

조개껍질에 부딪치자마자 발 정강이에서 피가 철철 흐르기 시작했다.

흐르는 피를 바닷물로 씻어 내고 나무껍질로 다리를 묶었지만 다리 정강이 부분에서는 여전히 피가 조금씩 새어 나오고 있었다.

내일 새벽에 일어날 것을 생각해서 정강이가 쑤시고 아파도 잠을 청할 수밖에 없었다.

8. 2차 일본 밀항－밀고자 처벌

바닷조개 껍질에 부딪쳐서 다리를 다친 그다음 날 아침에 아픈 다리를 딛고 일어나서 일터로 출발했다.

하루 쉴 수도 없었기에 일터로 나가서 하루 종일 일을 마치고 숙소로 돌아와서 다리를 보니 이미 퉁퉁 부어 있었다.

일터 일행들은 타지에서 일을 하려면 우선 다리가 튼튼해야 하니 병원에 빨리 가서 다리부터 고치라고 말해 주었다.

다리를 치료하기 위해 병원을 찾아 나섰다.

병원은 우리들이 일하고 있던 해군기지에서 30리 떨어진 곳에 있었다.

병원에 가려면 해군기지의 위병 초소를 통과해서 기다란 다리 앞에 있는 버스 정류장까지 걸어 나와서 버스를 타야만 했다.

버스를 타고 병원 가는 길에 해군기지 앞바다를 바라보았다.

푸른 파도 위에 갈매기 몇 마리가 날고 있었다.

버스가 산모퉁이를 돌자 통통배가 까만 연기를 뿜고 바닷물을 가르며 앞으로 나아가고 있었다.

일본 항구는 조선의 감포항과 너무 달랐다.

감포항이야 작으니까 비교할 수는 없겠지만 일행들 이야기를 들어보면 일본 항구들은 조선 항구에 비하여 선착장이 훨씬 넓고 배가 안전하게 정박할 수 있는 구조를 갖는다고 말했다.

버스 안에서 내 다리가 혹시 안 나으면 어쩌나 하는 걱정이 들었다.

아픈 다리가 덧이 나서 쉽게 낫지 않으면 일을 계속할 수 없게 될 것이고 그러면 조선으로 다시 돌아가야 하지 않나 하는 불안감이 생기기도 했다.

해군기지 위병 초소에는 해군이 총을 들고 보초를 서고 있었다.

위병 초소를 통과하려면 출입증 증명이 있어야 했는데 나는 출입증 증명을 보이며 해군 보초를 지나서 버스 타고 20분 거리의 병원을 다니며 며칠 동안 다리 치료를 받았다.

다행스럽게도 병원을 꾸준히 다닌 결과로 내 다리는 붓기도 빠지고 상처도 아물어 예전과 같이 정상적으로 일할 수 있게 되었다.

밀항선을 타고 해군기지에 도착해서 일했던 조선 사람들은 경북 출신뿐만 아니라 전라도 각지에서도 왔었다.

하루는 내가 병원에 다녀오는데 어느 사람이 누군가로부터 매를 맞아서 피투성이가 되어 길가에 서 있었다.

그 사람은 일터 반장한테 매를 맞았는데 우리 일행들 중에서 누군가가 일터 반장에게 그 사람이 밀항자라고 고발해서 그리 맞았다고 했다.

나중에 안 사실이지만 전라도 출신인 어느 사람이 일터 반장에게 그 사람이 밀항자임을 고발했던 모양이다.

이러한 사실을 알게 된 60여 명의 우리 밀항자 일행은 우리 동료를 고발해서 그토록 매를 맞게 만든 그 고발자를 찾아갔다.

우리 일행 중 한 사람이 우산으로 그 고발자의 왼쪽 눈을 푹 찌르자 눈에서 피가 뚝뚝 떨어졌다.

결국 그 고발자는 한쪽 눈을 잃고 외눈박이로 평생 살아가게 되었다.

그 이튿날 일터 반장으로부터 매를 맞아서 피를 흘렸던 그 사람은 거의 다 죽게 되어 해군기지로부터 쫓겨나게 되는 신세가 되었다.

그 사람은 해군기지를 나와 기다랗게 놓인 다리를 건너다가 워낙 심하게 맞은 상체에 힘을 못 이기고 다리 위에서 쓰러져 죽고 말았다.

돈 벌러 어렵게 밀항선 타고 일본으로 건너와서 일하다가 저토록 비참하게 죽음을 맞는 것을 보니 고향에서 돌아오기를 손꼽아 기다리고 있을 그 사람 가족들의 슬픔이 생각났다.

일본 땅에서 아무 사고 없이 잘 지내야겠다는 다짐을 새삼 갖게 되었다.

9. 2차 일본 밀항—야마구치로 이동 후 거기서 다시 강제출국

해군기지에서 일하면서 마음이 편하지 않았다.

밀항자 신분이 탄로날까 봐 불안했고 함께 노동일을 하던 일행들도 내 마음에 썩 들지 않았다.

일본에서 어느 정도 일을 하고 보니 이제 다른 곳에서 일을 하고 싶은 생각이 들게 되었다. 그 당시 내 사촌이 야마구치 산골에서 숯을 굽고 있었다.

사촌의 주소를 알아내어 연락을 하게 되었다.

편지를 써서 나가사키 해군기지로 와서 나를 야마구치로 데려가 달라고 부탁했다.

편지를 쓸 때에 고향 경주에서 할아버지께 곰방대로 머리를 맞아가며 글을 몇 자 배웠던 기억이 떠올랐다.

그래도 그때 배웠던 글에다가 조금 보태어 사촌에게 이런저런 내용의 편지를 쓸 수 있게 되었으니 할아버지께 감사하다는 생각이 들었다.

처음 편지에서는 내가 일본 지리를 잘 모르니 해군기지까지 와서 나를 데려가 달라고 썼었다.

그런데 일터 반장으로부터 매 맞아서 피 흘리며 죽은 조선 사람 사건을 보게 되자 나는 다시 편지를 써서 사촌에게 해군기지까지 오지 말라고 했다.

혹시 사촌이 해군기지에서 나를 만나려고 기다리다가 해군에게 붙잡혀 곤욕을 치를 수도 있을 것이라는 불안감이 생겨났던 것이다.

해군기지로 오는 대신에 사세보 시내 어느 장소에서 만나서 내게 양복 한 벌을 건네 달라는 부탁의 편지를 써서 보냈다.

사세보 약속 장소에서 사촌이 건네준 양복을 입고 야마구치로 이사를 하게 되었다.

양복을 입으려고 한 것은 일본 땅에서 밀항자 신분으로 지내는 것에 대한 불안감이 앞섰기에 겉모습만이라도 그냥 보통 사람인 것처럼 보이고 싶었기 때문이었다.

야마구치는 일본 혼슈의 최 서남쪽에서 규슈를 잇는 지점에 위치해 있다.

부산 앞바다에서 배를 타면 쓰시마 섬을 지나서 야마구치의 시모노세키 항에 도착하기에 예로부터 대륙과의 교통 요지로 발전한 지역이라고 한다.

야마구치의 사촌은 숯 굽는 일을 하고 있었지만 나는 야마구치 항의 선착장에서 일을 했다.

5,000톤 되는 배에서 석탄, 광석, 소금 등을 내리는 일이었다.

이러한 물품들은 남미의 브라질이나 아르헨티나에서 몇 달에 걸쳐 일본으로 건너온 것들이라는 말을 들었다.

남미에서 태평양을 따라 적도를 거쳐서 일본으로 오기까지 얼마나 많은 폭풍우를 만났을까 하는 생각이 들었다.

한번 배가 들어오면 배 안의 짐을 모두 내릴 때까지 몇 달씩이나 걸렸다.

거의 잠도 안 잔 채로 일을 하였기에 피곤이 나날이 쌓여만 갔고 양 어깨에서는 살갗이 몇 번이고 벗겨져서 굳은살이 새로 솟아 올라왔다.

야마구치 항에서의 하적 작업일은 정말로 무척 힘이 들었다.

야마구치 항에서 하적 작업을 하던 사람들은 거의 모두 밀항자들이어서 일본 영주권이 없었다.

밀항자가 일본 영주권을 받기 위해서는 경찰서에 가서 영주권을 신청해야만 했다.

밀항자들 중에는 실제로 경찰서에 가서 영주권을 받기도 했었다.

어차피 일본에서 일을 하려면 영주권이 필요할 것이라고 생각하여 나도 경찰서에 직접 찾아가 영주권 증명서를 신청하기로 마음먹었다.

영주권을 신청할 때에는 일본 성이 있어야 했다.

어떤 일본 성으로 할까 망설이다가 이와사키라는 일본 성을 갖기로 했다.

그때부터 나는 오늘날까지 이와사키라고 불리고 있다.

영주권 증명서 일로 일본 경찰서에 들어갈 때에는 여간 불안하지 않았다.

1차 밀항 때 일본 형사에게 붙잡혀 경찰서에서 고생했던 기억이 되살아나곤 했다. 1차 밀항 때 나가사키 사세보 항에서 강제 출국당

하여 부산항에 도착하고서 조그만 창고에 감금되어 일본 순사들에게
고초를 겪던 일도 기억 속에 떠올려졌다.

이런저런 기억들을 떠올리며 경찰서에 가서 영주권을 신청했더니
신청한 날로부터 며칠 뒤인 음력 8월 10일 9시에 영주권을 받으러 경
찰서로 오라는 것이었다.

영주권이 나온다는 음력 8월 10일에 영주권을 함께 신청했던 일행
16명과 함께 경찰서에 들어갔다.

그런데 영주권이 나온 사람들 이름을 부르는데 내 이름은 부르지
않았다.

다른 사람들은 모두 영주권 증명서를 받고서 경찰서 문을 나가는
데 내 이름은 영영 부르지 않았다.

왜 나한테는 영주권을 주지 않느냐고 물었다.

그러자 그 순사는

"네가 이성우냐? 너는 조선의 너의 아버지가 영주권 주지 말고 고
향으로 보내라고 했단다. 그러니 너는 일본 땅에서 살 수가 없어. 알
겠지?"

라고 말하는 것이었다.

그 말을 듣는 순간 나는 겁이 덜컥 났다.

영주권을 받으려다가 또다시 강제 출국당할지도 모른다는 생각이
들었다.

일본에까지 연락을 해서 나로 하여금 일본에서 머물지 못하게 한
아버지께 무척 서운한 마음이 들었다.

고향에서 농사일을 한다고 내게 무슨 발전이 있을까에 대해 생각
해 보시면 금방 아실 수 있을 텐데 어째서 나를 고향에 두려고 하시

는지 정말로 이해할 수가 없었다.

두 번째로 밀항선을 타고 일본 땅에 와서 6개월가량 일을 한 덕에 일본 생활에 어느 정도 익숙해졌고 일도 잘하고 있는데 다시 조선으로 되돌아간다고 생각하니 내 신세가 한탄스러웠다.

무더운 바닷바람으로 숨이 턱턱 막히는 야마구치 여름 날씨는 내 속을 까맣게 태워 버렸다. 결국 나는 또다시 강제 출국당하는 신세가 되고 말았다.

10. 2차 일본 밀항 ―시모노세키 항에서 강제 출국당하고 부산항으로 되돌아옴

야마구치에서 시모노세키로 출발하는 배가 4시에 있었다.

연락선을 타고 시모노세키 항에 도달하니 야마구치 항보다 훨씬 배들이 많이 보였다.

시모노세키는 일본의 육해 교통의 십자로에 해당하는 자리에 위치하고 있어서 예로부터 교통 및 상업 중심 도시로 번영하였다.

시모노세키 항과 기타큐슈 땅 사이의 바닷길이 멀지 않게 보였다.

야마구치에서 시모노세키 항에 도착한 그날 밤에 부산항으로 출발하는 연락선을 탔다.

연락선은 밀항선과 달리 앉는 좌석도 있었고 연락선 안에 창문이 설치되어 있어 바닷바람을 차단시켜 주었다.

연락선이 시모노세키 항에서 점점 멀어지자 항구 불빛이 가물가물해지면서 마치 일부러 전깃불을 껐다가 켜는 듯이 보였다.

연락선이 바다 한가운데로 나가자 온 사방이 깜깜한 가운데 연락선 불빛이 더 환하게 보였다.

시모노세키 항을 떠나면서 또다시 고향으로 돌아가야 한다고 생각하니 앞날이 갑갑하게 느껴졌다.

1차 일본 밀항에서 실패하고 2차 밀항에서도 일본에 체류하지 못하고 또다시 강제출국을 당해야 하는 내 신세가 한심스럽게 느껴졌다.

한여름 밤의 바닷바람은 소금기가 더욱 코를 진동시켰고 전깃불 주위로 날아드는 나방들도 더운 날씨에 지쳤는지 힘이 서서히 떨어지고 있었다.

시모노세키 항을 출발한 연락선은 밤새도록 바다를 항해해서 그 이튿날에 부산항에 도착했다.

연락선은 밀항선보다 속도가 빨라 시모노세키에서 부산까지 8시간 정도 걸렸다.

부산항 바다에 떠 있는 연락선 위에서 아침을 맞이하며 나도 모르게 한숨이 저절로 나왔다.

고국에 도착하여 기쁘다는 마음은 전혀 없었고 다시 지겨운 생활로 돌아가야만 하나 하는 아쉬움으로 가득 찼었다.

일본에서 영주권을 받지 못하고 다시 부산항으로 쫓겨 온 것에 대해 많은 허탈감을 가졌었다.

그런데 나중에 안 사실이지만 내가 일본에서 영주권 증명서를 받지 못했던 것은 아버지가 고향에서 나를 불러서가 아니었다.

아버지가 한때 일본에서 노동조합을 만들어서 노동운동을 하셨기에 사상범의 자식으로서 일본 영주권을 받지 못했던 것이었다.

일본에서 일하면서 100원 정도를 저금했었고 철 따라 입을 옷도 몇 벌 사 두었는데 그 옷을 가지고 나오지 못했다.

부산항에 내린 때가 여름인지라 반팔 셔츠에 게다만을 신고 터덜 터덜 항구를 빠져나왔다. 게다가 나무로 된 신발이라 여름에는 시원하지만 걸을 때에 요란한 소리가 나고 특히 땀이 많이 나면 발바닥이 미끌미끌해지는 불편함이 있었다.

일본에서 번 돈은 거의 모두 저금해 버렸기에 부산항에서는 내 수중에 7원이 있었다.

부산역 근처에 천안 아지매라고 불리던 종고모님이 사시고 계셨다.

인사도 드릴 겸 해서 종고모 댁을 찾아 나섰다.

종고모님은 나를 반갑게 맞이해 주셨고 식사까지 주셔서 배불리 먹었던 기억이 난다.

종고모님은 경주 집에서 나를 무척 기다리고 있을 테니 부산역에서 기차 타고 빨리 경주로 올라가라고 말씀하셨다.

종고모님께 작별인사를 드리고 부산역에서 기차를 타고 불국사역에 내렸다.

6개월 만에 본 불국사역은 실제로 변한 것이 없었는데도 어딘지 낯설게 느껴졌고 수년 만에 다시 보는 것 같은 생각이 들었다.

불국사역에서 나와 들판을 따라 집으로 향할 때에 논 안에는 한여름의 열기 속에서 모들이 푸릇푸릇 자라서 바람에 날리고 있었다.

논 안의 물도 뜨거운 햇살에 데워져서 김이 솟아오르고 있는 듯한 느낌이었다.

집으로 가는 길에 저 멀리 바라보니 남산이 나를 반겨 주는 듯했다.

토함산 하늘에는 하얀 구름이 산 정상에 살포시 앉아 있었다.

논길을 따라 집으로 향해 걸어가고 있을 때에 저 멀리서 까만 양복을 입고 내 쪽으로 걸어오고 있는 사람이 눈에 들어왔다.

논길이 좁은지라 옆으로 피할 데가 없어서 그 사람하고 마주쳐 보니 내가 일본으로 밀항할 때에 밀항자 모집꾼 일을 했던 사람이었다.

그 사람은 수시로 일본을 왔다 갔다 하면서 밀항자들을 모집해서 밀항시켜 주는 대가로 돈을 버는 사람이었다.

그 사람 일행들한테 돈 없이 밀항선을 탔다고 매를 엄청 맞았던 기억이 떠올려졌다.

그런데 이제 와서 그 사람에게 화를 내 본들 무슨 소용이 있겠는가 싶은 생각이 들었다.

그 사람도 나를 알아보더니 반갑게 인사했다.

그 사람은 내게

"모레, 그러니까 8월 보름 밤 12시에 부산에서 밀항선이 출발하는데 너 아는 사람 좀 소개시켜 줘라."

라는 말을 건네었다.

일본으로 밀항할 때마다 그 사람 배를 탔으니 40원씩 3번 하면 120원 빚졌지만 나중에 150원으로 그 빚을 갚아 버렸다.

그 사람과 헤어지면서 8월 보름 밤 12시를 기억하면서 집에 들어갔다.

집으로 돌아오니 아버지와 어머니가 나를 반겨 주었다.

오랜만에 만난 가족들과 정말로 화기애애하게 지냈다.

첫 번째 일본 밀항에서 강제 출국당하고 돌아왔을 때와는 사뭇 달라졌다.

지난 6개월 일본에서 겪었던 고생이 스르르 사라지면서 평온한 마음이 들었다.

하지만 나는 고향에서 안주해서는 안 된다고 생각했다.

집에 있는 동안에 이런저런 이야기를 많이 하지 않고 이틀 후에 일본으로 떠나는 밀항선 탈 마음의 준비를 가지고 있었다.

일본에서 일할 때에 가끔은 고향이 그립기도 했었지만 막상 고향에 와 보니 내가 할 일은 여전히 아무것도 없었기에 나는 오로지 일본 땅으로 다시 건너가야만 한다고 생각했다.

추석이 다가오던 고향의 밤하늘에는 보름달이 두둥실 떠 있고 한여름의 무덥던 바람도 열기의 세기가 약해지고 어느덧 가을바람이 선선하게 불었다.

추석 명절이 왔다고들 동네 여기저기에서는 잔치 준비에 여념이 없었고 아이들은 햅쌀밥에 맛있는 밥을 먹는다는 기대감으로 저마다 밝게 웃으며 동네를 쏘다녔다.

11. 3차 일본 밀항 – 외딴 섬에 갇힘

쇼와 13년, 1938년 음력 8월 15일 추석날이 밝았다.

집 앞의 은행나무 잎 색깔이 진한 녹색에서 엷은 연두색으로 바뀌고 있었다.

조만간 노랗게 단풍이 들 것 같았다.

일가친척들이 큰집에 모여 제사를 지냈는데 나는 집에 그냥 있었다.

그해 추석날 밤에 일본으로 밀항선을 탈 준비를 하고 있었다.

특별히 준비랄 것은 없었지만 그래도 마음의 준비가 필요했다.

이번에 일본에 가면 강제 출국당하는 일 없이 돈을 많이 벌어서 자랑스럽게 고향에 돌아올 수 있기를 기대했다.

벌써 동네 친구들은 장가를 가서 가정을 꾸린 친구도 있었다.

그 당시에 나는 결혼할 나이는 아니었지만 일본에서 꼭 성공하여 행복한 가정을 꾸려야겠다고 다짐했다.

2차 일본 밀항에서 강제 출국당하여 고향에 돌아온 지 이틀 만에 다시 일본으로 가는 밀항선을 타기 위해 부산으로 향했다.

불국사역에서 기차를 타고 창밖을 내다보니 내가 12살 때 흙벽돌로 지었던 우리 집이 보였다.

집을 둘러싸고 있는 돌담도 보였다.

돌담 바로 옆에 우물이 있었고 우물 옆에 있는 감나무는 아직 덜 익은 감들이 주렁주렁 열렸다.

우리 집 감나무에 달려 있는 감은 아직은 떫은맛이겠지만 얼마 안 있으면 홍시가 되어 단맛을 자아낼 것이라고 생각했다.

나도 그때는 떫은 인생일지 몰라도 얼마 후에는 마치 홍시처럼 단맛을 내뿜는 인생으로 개척해야겠다는 다짐을 새삼 가졌었다.

부산역에 도착하니 어둑어둑한 초저녁이 되었다.

자갈치 시장 서쪽으로 산 하나가 뻗어 나 있었는데 그 산 너머로 낙동강이 흐르고 있었다. 밀항선은 낙동강이 바다와 만나는 지점으로부터 가까운 해변에서 정박하는 것으로 되어 있었다.

내가 산속에 숨어 여기저기를 살펴보니 군데군데 밀항선을 기다리고 있는 사람들의 모습이 보였다.

바위 밑에서 바다를 바라보며 숨을 죽이고 쪼그려 앉아 있을 때에 귀뚜라미 울음소리가 유난히도 구슬프게 들렸고 해안가의 파도 소리도 어딘가 차갑게 느껴졌었다.

밤 12시 정도에 드디어 바다 위에서 조그만 배가 하얀 파도를 가르며 해안선을 향해 다가오고 있었다. 밀항선 일행 30여 명과 함께 통통배에 올랐다.

배에 올라 바닷물을 내려다보니 물결이 너무 고요했다.

음력 8월 15일 추석이었던지라 바다에서 일하는 사람들도 없었고 바다 물결도 고요해서 들리는 소리라고는 속닥거리는 사람 목소리와 통통배의 엔진 소리만이 밤의 정적을 가르고 있었다.

밤하늘에 둥그런 보름달을 바라보았다.

세 번째로 밀항선을 타고 조선 땅을 등지며 일본 땅으로 향하고 있었다.

우리가 탄 배는 무사히 나가사키 항에 도착했다.

나가사키 항은 일찍이 서양문물이 들어왔던 곳으로 서양식 건물들이 눈에 많이 띄었다.

서양식 목조 건축물들은 지붕구조나 창틀 구조 등 여러 부분에서 독특한 이국적 풍경을 자아내고 있었다.

나가사키 항에서 내가 내리려 하자 밀항선 반장이 내 앞을 가로막았다.

엊그제 경주 고향의 논길에서 만났을 때에는 나를 반갑게 맞이해 주더니 그날은 태도가 급변했다.

밀항선을 탄 사람들 중에서 절반은 나가사키 항구에다가 내려 주었으나 나를 포함한 나머지 절반은 나가사키 항구에서 떨어진 고야키 섬에 내려 주는 것이 아닌가?

고야키 섬은 작은 섬이었는데 그 섬에 내려 보니 조선에서 밀항 온 사람들이 몇몇 보였다.

그 사람들에게 언제 섬에 들어왔었느냐고 물어봤더니 여덟 달이 되었다고 대답했다.

그 사람들 얼굴을 보니 목욕한 지가 어찌나 오래되었는지 온몸이 새까만 때로 더덕더덕해서 그야말로 지저분하기가 이루 말할 수 없었다.

섬 안에는 미츠비시 조선소가 있었다.

미츠비시 조선소는 목재와 철조물로 지어져 있었는데 내가 도착하기 얼마 전에 큰 불이 나서 조선소 전부가 타 없어져 버렸다.

불에 타서 없어져 버린 조선소 공장을 그 자리에 새로 짓느니 아예 다른 곳으로 이전해서 보다 큰 조선소 건물을 짓고 있던 중이었다.

섬 안에서 일하고 있는 사람들 모습이 심상치 않았다.

나가사키 해군기지에서 공사판 일을 했던 사람들 모습과 전혀 딴판이었다.

돈을 받고 일하는 노동자 모습이라기보다는 중죄를 짓고 섬에 갇혀서 일만 하는 죄수 모습이었다.

미츠비시 조선소가 있던 고야키 섬은 나가사키 항구에서 배로 30분 걸리는 거리에 있었다.

그 섬에서 제일 가까운 육지와의 거리는 대략 10리 정도였다.

섬에서 보이는 육지에는 길도 나 있고 나무와 풀들이 가을바람에 산들산들 흔들리고 있었다.

섬에서 일하고 있는 노동자들을 볼 때에 육지로 탈출해야겠다고 마음먹었다.

간신히 세 번째로 밀항 왔는데 섬에 갇혀서 일할 수는 없었던 것이다.

제일 손쉽게 구할 수 있는 일이기에 노동일을 선택하는 것이지만 언젠가는 다른 일을 해야 돈을 벌 수 있을 것으로 생각했다.

나가사키 항구가 아니라 고야키 섬에 도착했을 때 나는 어쩌면 이리도 운이 없을까 하고 신세타령을 많이도 했었다.

가슴이 탁 막혀서 먼 바다만 쳐다보다가 나도 모르게 눈물이 지어졌다.

지나온 아픈 기억들만이 주마등처럼 떠올려졌다.

그렇다고 운세타령만 할 수는 없었다.

일단은 이 섬에서 일을 하면서 기회를 봐서 섬을 탈출해야겠다고
마음을 단단히 먹으면서 흐르는 눈물을 두 손으로 닦아 버렸다.

12. 고야키 섬에서 탈출

고야키 섬에 도착한 다음 날 아침부터 일하기 시작했다.

아침에 일어나니 섬 주변에 안개가 자욱이 끼어서 육지가 잘 보이지 않을 정도였다.

그 섬에도 코스모스가 숙소 주변에 피어 있었다.

경주 불국사역의 철길 사이에 피어 있던 코스모스와 별로 차이가 없어 보였다.

섬에서 일할 때 품삯은 나왔는데 실제로 돈을 받지는 못했다.

하루하루 임금을 장부에 적어만 놓고서 나중에 한꺼번에 준다며 일을 시켰다.

하루 일해 보고서 어찌하든 섬에서 빠져나가야겠다고 마음먹었다.

섬에서 육지로 가는 배를 타려면 증명서가 필요했다.

그야말로 외딴 섬에서 감금당한 꼴이나 마찬가지였다.

더군다나 임금을 외상으로 하는 일터에서 일할 수는 없지 않겠는가?

섬에서 일한 지 며칠이 지난 어느 날 일터 식당에서 점심으로 우거짓국에 밥을 잔뜩 말아서 실컷 배를 채웠다.

섬에서 탈출할 방도를 찾기 위해 일터를 빠져나와 해변으로 나가 보기로 했다.

그때 나는 수중에 5원을 감추고 있었다.

그 돈을 가지고 이발소에서 10전을 주고 머리를 말끔히 깎았다.

이발소에서 나와 섬 주위를 뱅뱅 돌아다녀 봤지만 도저히 섬을 빠져나갈 방도를 찾지 못했다.

섬 해변을 돌던 중에 어느 할아버지가 고기 잡으러 배를 출발시키려 하는 것이 보였다. 순간적으로 그 배를 타고 나갈 수 있겠다 싶었다.

그 당시만 해도 일본말이 서툴렀지만

"할아버지, 나 좀 저곳까지 건네주세요."

라고 말했더니 할아버지는 육지로 건네주는 것은 안 된다며 고개를 저었다.

나는 뭐라고 거짓말을 꾸며댈까 생각했다.

식당 아주머니가 애를 낳으려고 하는데 아주머니 남편이 바다 저 건너에 있는지라 내가 건너가서 그 남편을 불러와야 한다고 거짓으로 말했다.

그랬더니 할아버지는

"그래? 그럼 급하게 서둘러야 하겠구먼"

하면서 배의 노를 젓기 시작했다.

배가 바닷가를 빠져나가자 나는 마음이 급해졌다.

감독관이 보기 전에 빨리 육지에 닿아야만 했었다.

배가 500미터쯤 갔을 때 뒤를 돌아보니 섬에서는 일꾼들이 일을 시작하는 모습이 보였다. 그런데 감독관이 배 타고 바다를 건너고 있는 나를 봤는지 내가 탄 배를 따라오기 시작했다.

내가 탄 배가 육지에 닿자 나는 할아버지께 고맙다고 인사하면서 해변도로를 건너 산속으로 도망을 쳤다.

산속으로 도망치는 내 모습을 감독관에게 들켰으니 나는 산속에서 한참 동안 몸을 숨기고 있을 수밖에 없었다.

커다란 바위와 바위 사이의 조그만 공간에서 바짝 엎드려 몸을 숨기고 있었다.

나를 잡으러 온 감독관들은 둘이었는데 그중 한 감독관이

"이 길로 도망친 것 같은데 어디로 내뺐는지 영 안 보이네."

라고 말하는 소리가 바로 가까이에서 들렸다.

감독관들이 나를 잡으러 내가 숨어 있는 곳 바로 가까이까지 와 있으니 얼마나 긴장이 되는지 온몸이 땀으로 젖기 시작했다.

머리카락은 쭈뼛쭈뼛 섰고 손이 바르르 떨렸지만 그래도 침착하려 애쓰면서 숨을 죽이고 있었다.

두 감독관은 내가 숨어 있는 주변을 이리저리 돌아다니다가 산을 내려가기 시작했다. 감독관이 내려가는 모습이 보이자 나는 한숨을 돌릴 수 있었다.

그래도 혹시나 그들이 산 밑에서 길목을 막고 나를 기다릴지 몰라서 두어 시간 동안 비좁은 바위틈에서 몸 하나 꿈적하지 않고 몸을 수그려 숨어 있었다.

바위틈에서 나와 산 주변을 살폈으나 감독관들의 발자국 소리는 들리지 않았다.

어느덧 해가 서산으로 뉘엿뉘엿 넘어가고 있었다.

해가 넘어서 밤이 될 때까지 산속에서 숨어 있었다.

밤이 되자 산속이 조용해졌고 저 멀리 반짝거리는 불빛이 더욱 환하게 반짝거렸다.

멀리 고야키 섬에도 밤이 찾아와서 조선소 건설 공사장 불빛이 희미하게 보였다.

해변에는 밤에 고기를 낚으러 출발하려는 배 몇 척이 통통 소리를 내며 떠 있었다.

감독관에게 들킬까 봐 죽은 듯이 있다가 긴장이 풀어지니 온몸에 힘이 빠져 버려 산을 내려올 때에 다리가 아파 옴을 느꼈다.

그래도 여전히 불안하기는 마찬가지였다.

산 아래로 내려와서 나가사키 역으로 발길을 향했다.

그런데 나가사키 역으로 가려 했으나 혹시 거기에서 나를 잡으려고 감독관들이 기다릴지 모른다는 생각에 나가사키 역에서 한 정거장 위쪽으로 다시 걸어 올라갔다.

기차에 오르자 그때에서야 안심이 되었다.

기차가 움직일 때에 지옥에서 빠져나온 것 같은 안도감이 들었다.

3차 밀항에서는 붙잡히지 않고 일본 땅에서 오랫동안 일할 수 있을 것 같다는 예감이 들었다.

나를 나가사키에서 멀리 도망쳐 주려는 듯이 기차는 칙칙폭폭 소리를 내며 달리고 또 달렸다.

13. 후쿠오카 근처 공사장에서 쫓겨남

나가사키 역 다음 기차 정거장에서 기차를 타고 그다음 날 새벽 4시에 후쿠오카 옆에 있는 모지라는 곳에서 내렸다.

모지는 규슈의 끝으로서 건너편의 시모노세키와 해저터널로 연결되어 있다.

모지에서 공사장 식당을 운영하고 있던 스키모토라는 사람을 찾아 나섰다.

스키모토는 나와 같은 고향 출신이었다.

그는 키가 작달막하지만 부지런하고 성실했다.

공사장에서 일하는 조선 사람들을 상대로 밥장사를 하고 있었다.

스키모토네 집에 도착하여 문을 두드리니 그는 잠을 곤히 자고 있었다.

문을 열어 보니 다행히도 잠금 장치가 없어서 문을 쉽게 열 수가 있었다.

방문을 열고 들어가서 그를 깨웠다.

곤히 든 잠에서 깬 스키모토는 눈을 비비며 나를 보더니

"경찰서에서 잡혀서 조선으로 건너갔다더니 안 갔더냐?"

라며 내게 물어 왔다.

그동안 있었던 얘기들을 그에게 말해 줬다.

그는 참으로 고생 많았다며 앞으로는 모든 일들이 잘 풀릴 것이라고 위로의 말을 건네주었다.

그곳에서 일을 시작하면서 지인에게 맡겨 두었던 내 저금통장을 찾아 나섰다.

야마구치 항에서 하적 작업을 해서 100원을 저금해 놓았었다.

그 사람이 머물고 있던 야마구치에 가서 저금통장을 찾았으나 그는 내 돈을 경주로 부쳐 버렸다고 한다.

내가 다시 일본으로 건너올지 모르고 경주 우리 집으로 돈을 송금했다는 것이다.

돈을 부쳐 준 것은 고맙지만 일본에서 생활하려면 돈이 필요한데 그 돈이 없으니 무척 아쉬웠다.

당장 옷 살 돈이 없어서 다른 사람 옷을 빌려 입고서 다음 날부터 일터로 나갔다.

일터에 나가 보니 주변 조선 사람들이

"저 녀석, 경찰서에서 잡혀 조선 땅으로 쫓겨났는데 어떻게 다시 돌아왔지?"

하며 숙덕거리는 소리가 들렸다.

그네들은 내가 그곳에 있으면 일본 순사들로부터 골치 아픈 일들이 생겨날까 봐 미리부터 걱정했던 것 같았다.

밀항자들이 일을 하는데 나 한 명으로 인해 일본 순사로부터 전체

조사를 받기라도 하면 자기네들도 조선으로 쫓겨날지 모른다는 불안감이 생겨날 만도 했다.

그들은 일본 순사로부터 온갖 고초를 당할까 봐서 내가 다른 곳으로 가서 일하기를 바랐었다.

그들은 5전, 10전씩 돈을 걷어서 내게 7원을 안겨 주며 그 돈으로 어디 멀리 가서 몇 달 동안 일하다가 그곳으로 다시 와서 일하기를 권고했다.

괜히 나 한 사람 때문에 그곳에서 일하던 다른 사람들에게까지 손해를 끼칠지도 모르겠다는 생각이 들었다.

그날 밤에 그곳을 떠나기로 마음먹고서 일터 밖으로 길을 나섰다.

일터라고는 하지만 건물 짓는 일인지라 자갈이나 모래를 나르는 일과 벽돌 쌓는 일을 도우는 일 정도였다.

모지 역에서 2원 50전 차표를 끊어서 오사카로 향했다.

오사카는 지금도 일본에서 두 번째로 큰 도시이지만 그 당시에도 꽤나 번창한 도시들 중의 하나였다.

오사카에 가면 뭔가 할 일이 있겠지 하는 막연한 생각만으로 기차를 탔다.

흔들거리는 기차 속에서 내 한 몸 어디 편하게 붙어 있을 곳이 없다고 생각하니 신세가 참으로 한심스럽게 느껴졌다.

기적 소리를 울려대며 달리는 기차 속에서 창밖을 내다보니 모지 항의 불빛이 어른거렸다. 앞으로 살아갈 내 삶을 생각하니 나도 모르게 어깨가 축 처지며 설움이 북받쳐 올라왔지만 그럴 때마다 강한 마음가짐으로 나 자신을 달랬다.

14. 오사카 철공소 일

모지의 공사장에서 일터 동료들로부터 쫓겨나다시피 하여 모지 역에서 기차 막차를 타고 오사카로 올라갔다.

내가 탄 기차는 밤새도록 달려서 그다음 날 아침 7시 30분경에 오사카 역에 도착했다.

오사카 역에 내려서 주위를 둘러보니 나가사키나 후쿠오카와는 달리 대도시다운 면모가 보였다.

시내에 전차가 다녔는데 도로 위의 전차 노선이 복잡했으며 자동차도 여느 도시에서보다는 많이 보였다.

오사카에 놀러 온 것이 아니었기에 마음이 그다지 평안하지는 않았지만 그래도 처음 와 본 오사카의 거리는 활기가 넘치고 거리에도 많은 사람들이 오고 다녔다.

양복 입은 남자들하며 기모노 입은 여자들 모습도 많이 보였는데 나는 국방색 작업복을 입고 다니니 금방 표가 나서 혹시나 일본 순사가 내게 신분증 보여 달라고 할까 봐 겁도 났었다.

오사카 역 근처로 나와 보니 일자리를 구하는 인부들과 인부를 구하려는 사람들로 북적대는 모습이 보였다.

그곳에서 구하는 일자리라는 것이 대부분 공사판 일이었기에 그런 일을 구하고 싶지는 않았다.

오사카 역에서 시내를 가기 위해 전차를 탔으나 아는 곳도 없고 아는 사람도 없으니 어디 특별하게 가야 할 곳도 없었다.

그 당시에는 일본말을 잘 할 줄 몰라서 누구하고 얘기할 수도 없었으니 참으로 답답한 노릇이었다.

전차를 타고 가다가 보니 어느덧 종점에 도달했는지 사람들이 모두 내렸다.

내리고 보니 그곳이 시도리바시였다.

시도리바시는 전차 종점이라서인지 오사카역과는 달리 한적한 곳에 사람들이 드문드문 다녔다.

그래도 양복점이나 양장점 등과 같이 옷을 맞춰 주는 가게도 있었고 여러 가지 상품들을 파는 가게들도 자리하고 있었다.

시도리바시에서 이리저리 돌아다니다가 검정 양복 입은 사람과 마주칠 때면 그 사람이 혹시 형사가 아닌가 하고 무척이나 긴장하며 지나치곤 했었다.

순사들이야 겉으로 봐도 순사인 줄 알아볼 수 있지만 형사는 사복 차림이었던지라 앞에서 봐도 그 사람이 형사인지는 전혀 알 수가 없었다.

대개 형사들이 까만 양복을 주로 입고 다니니까 그런 복장을 하고 다니는 사람들이 모두 형사로 보여 겁이 났던 것이다.

영주권 증명서가 없으니 형사가 내게 증명서 보여 달라고 하면 어떻게 하나 하는 걱정이 앞섰던 것이다.

타국에서 말도 안 통하는데 제일 아쉬웠던 것이 조선 사람을 만나고 싶어도 누가 조선 사람인지를 도저히 알 수가 없다는 것이다.

오사카에는 조선 사람들이 많이 넘어와서 살고 있었는데 조선 사람도 일본에서는 일본말을 사용했으니 겉모습만으로 조선 사람을 분간하는 것은 거의 불가능에 가까웠다.

오사카에 도착한 지 며칠이 지났었다.

식당에서 국수류나 빵 혹은 밥을 사 먹고 여관에서 지냈었다.

아침에 일어나서는 오사카 거리의 여기저기를 다니다가 저녁에 깜깜해지면 여관을 찾아 거기서 잠을 자곤 했었다.

오사카 역에서 시작하여 신사이바시, 도톤보리, 난바, 오사카성, 텐노지, 우메다, 추루하시, 요도가와 등 여러 곳을 걸어서 다녔다.

신사이바시는 서울의 명동과 같이 신세계풍의 각종 상품들을 파는 가게가 많았다.

기모노에서부터 양장점을 파는 옷가게는 물론 구두, 신발, 액세서리 가게 등이 많아서인지 다른 곳에 비해 사람들이 북적거렸다.

난바는 음식점들이 많았다.

오사카의 명물이라고 하는 다코야키 가게가 있었고 스시, 사시미, 우동, 소바 등의 식사류 등과 함께 유흥 술집들도 많이 보였다.

요도가와는 오사카의 변두리를 흐르는 강이다.

요도가와의 강물을 보면 우리나라의 물과 별 차이가 없었다.

저녁노을이 질 때에 요도가와의 강물을 보고 있으면 붉은 노을이 강물 속에 어른거림이 보여 아름답다는 생각도 들었었다.

흐르는 강물만 쳐다보고 있으면 여기가 조선 땅인 것만 같았다.

고개를 들고서 주위를 살펴보면 조선이 아니라 분명히 일본 오사카였던 것이다.

오사카를 돌아다니던 어느 날 아침 8시 반부터 국방색 옷을 입고 여기저기를 쏘다니다가 해가 기울고 길거리가 어둑어둑해질 무렵이었다.

어묵 파는 리어카를 지나치려는데 조선말이 내 귀에 들렸다.

너무나도 반가웠다.

그래서 어묵 집에 들어가서 어묵과 술을 시켰다.

그 당시에 술도 제대로 마실 줄 몰랐었다.

지금도 술은 잘 못 마시지만 어렸을 적에야 술 마실 기회가 전혀 없었다.

경주 고향에서 친구들과 어울려 술 마신 적은커녕 서로 어울려서 이야기한 적도 그리 많지 않았었다.

일본 술은 주로 정종이었다.

어묵 국물에 따끈한 정종을 마시니 하루의 피로가 싹 가시는 듯했다.

한잔하면서 어묵 주인한테 조선말로 내 사정 얘기를 죽 늘어놓았다.

오사카에 일자리를 찾으러 왔는데 도저히 일자리는커녕 조선 사람을 만나지도 못하여 며칠 동안을 허송세월만 보내고 있다고 말했다.

그 주인은 자기가 묵고 있던 곳으로 나를 데려가 주었다.

성이 김가였는데 나이는 35살이었고 키가 조그마했으며 고향은 전라도 순천이라고 했다. 조그만 다다미 방 하나에 부엌이 딸려 있어서 먹을거리를 만들어 먹을 수 있었다.

그 사람은 내게 참 잘해 주었다.

오사카의 구세주였다.

지금도 가끔 그 사람한테 신세지었던 일에 죄송스럽고 감사하게 생각하고 있다.

나는 그 집에 묵으면서 일을 시작했다.

오사카 철공소 일이었다.

쇠를 녹여 쇳물로 만들어서 여러 가지 원하는 모양의 철물을 만들어 내는 공장이었다.

쇳물을 쇳물 그릇에 넣어서 철물을 만드는데 그 쇳물 그릇은 양동이 안에 넣어져 있었다. 쇳물 그릇을 자주 사용하면 쇳물 그릇이 못쓰게 되어 그 것을 양동이로부터 떼어 내는 일이었다.

둘이서 그것을 뜯어내는 일이 하루 일이었다.

파트너와 둘이서 아침부터 저녁까지 꼬박 일해야 쇳물 그릇을 떼어낼 수 있었다.

공사판에서 일하는 것보다는 육체적으로 힘들지 않아서 좋았다.

그래도 어디 돈 벌기가 쉬운 일인가?

철공소에서 하던 일은 파트너와의 호흡이 참으로 중요했다.

쇳물 그릇이 크고 무겁기에 혼자서는 할 수 없는 일이었다.

내 파트너는 성격이 그다지 온순하지 않았다.

나보다 먼저 그곳에서 일했다고 텃세도 부렸다.

일하다가 잘못이라도 하면 잘 가르쳐 주기는커녕 큰소리로 버럭 화를 낼 줄만 알았다.

둘이서 짝을 지어 일해 본 적은 없었지만 그래도 나는 파트너의 기분을 잘 맞춰 주며 하루하루 일을 해 나갔다.

때로는 파트너가 시키는 심부름도 마다하지 않고 서슴없이 해 주었다.

15. 파트너와의 싸움

　오사카 철공소에서 쇳물 그릇을 떼어내는 작업을 하던 어느 날에 파트너가 무슨 심술이 났었는지 자기 말을 잘 안 듣는다며 내 뺨을 한 대 후려 갈겼다.

　둘이서 쇳물 그릇을 잡고서 망치로 떼어 내는 도중에 생각지도 않게 갑자기 뺨을 맞으니 눈앞에서 별이 번쩍거렸다.

　지금까지 파트너가 나보다 철공소에서 일한 경험이 많기에 상관자로 대우해 주면서 이런저런 일들이 있었어도 참아 왔었는데 파트너한테 뺨을 맞으니 화가 치밀어 올랐다.

　나는 자리에서 벌떡 일어나 파트너에게 주먹을 한 대 날렸다.

　파트너와 나는 일하는 동반자가 아니라 서로 원수처럼 싸움질을 하고 있었다.

　철공소의 지저분한 바닥에서 서로 뒹굴며 치고받고 했었다.

　철공소 간부 한 명이 우리들이 싸움하고 있는 것을 보고서 뜯어말렸다.

파트너의 얼굴이나 내 얼굴에는 상처가 여기저기 나 있었고 하의와 상의에는 철공소의 까만 철가루가 더덕더덕 붙어 있었다.

철공소 간부는 나에게

"이와사키, 오늘은 일 그만해라. 일 안 해도 오늘 품삯을 쳐서 줄 터이니 그만 올라가라."

라고 말했다.

간부는 전부터 내가 성실하게 일하고 있는 것을 알았었다.

그는 내게 싸움을 그만하라고 말렸다.

조선 땅에서 돈 벌러 왔는데 왜 싸움을 하느냐며 나를 야단쳤다.

간부 말이 끝나자마자 나는 철공소에서 나와 숙소에 가서 누워 버렸다.

간부가 한 말이 생각났다.

돈 벌러 먼 타국까지 왔는데 같은 민족끼리 싸워서야 되겠는가 하는 생각이 들었다.

철공소에서 6개월가량 일하면서 돈을 모으고 있는 중인데 앞으로는 어떠한 일이 있어도 싸움하지 말고 심한 말다툼이 있어도 내가 참아야겠다고 굳게 마음먹었다.

내 파트너는 나와 싸운 뒤부터 기분이 처져 있었다.

그와 싸운 뒤로 파트너를 다른 사람으로 바꿔서 일하고 있었는데 철공소에서 그와 마주칠 때 슬쩍 얼굴을 쳐다보면 내게 말도 걸지 않았고 심지어 아는 척도 하지 않았다.

그런데 그가 며칠 동안 보이지 않아서 주변 사람들에게 물어보니 철공소 일을 그만두고 다른 곳으로 일 찾아 떠났다는 것이다.

그러던 어느 날 숙소에 들어가 보니 내 소지품이 없어졌다.

소지품이 없어진 것을 보고 나는 누군가가 훔쳐 갔을 것이라고 생각했고 그렇다면 훔친 사람이 바로 그 사람일 것이라는 느낌이 들었다.

가까운 전당포 주인에게 물었더니 그가 맡겨 놓은 물건이 있다는 것이다.

확인해 보니 없어진 내 소지품들이었다.

그가 다른 곳으로 떠난 줄 알았는데 내 숙소에 나타나서 내 옷들과 구두 등 이런저런 소지품들을 훔쳐서 전당포에 잡혀 먹었던 것이다.

전당포 주인에게 얼마를 주어야 내 소지품을 되돌려 받을 수 있느냐고 물었더니 20원이라고 말했다.

전당포 주인에게 사실은 저 물건들이 내 소지품인데 그 사람이 훔쳐서 맡긴 것이라고 말했다.

그 사람이 와서 돈 주고 물건을 달라고 해도 주지 말라고 전당포 주인에게 당부했다.

내 말을 들은 전당포 주인은 20원이면 적은 돈이 아닌데 그런 나쁜 사람은 경찰서에 신고하지 그러냐며 내 얼굴을 빤히 쳐다보았다.

생각해 보니 전당포 주인 말이 맞았다.

도둑을 맞으면 도둑하고 싸울 일이 아니라 경찰에 신고하면 그 이후로는 경찰이 알아서 해 줄 것이라고 생각했다.

소지품을 도난당했다고 경찰서에 가서 신고했다.

내 소지품을 훔친 사람이 누구인지도 알려 주었다.

아직 일본말이 서툴 때였지만 손짓과 발짓을 섞어 가며 내 소지품을 전당포에서 되돌려 받을 수 있게 해 달라고 부탁했다.

경찰서에 신고한 후에도 오사카 철공소에서 쇳물그릇 떼어내는 일을 계속했다.

전당포에 내 소지품들이 맡겨졌으니 생활하기에 불편한 점들이 많았지만 급하게 필요로 하는 것들은 남들로부터 빌려서 사용하기도 했었다.

몇 달이나 지난 후에 경찰서에서 연락이 왔다.

경찰서로 아침 9시까지 오라는 내용이었다.

신고한 지가 언제인데 이제야 연락이 오나 하면서도 전당포에 맡겨진 소지품을 찾을 수 있겠다는 안도감으로 그다음 날 경찰서에 찾아갔다.

경찰서 정문의 양쪽에는 두 명의 순사들이 보초를 서고 있었다.

일본에서 보는 순사나 조선에서 본 순사의 모습은 비슷했다.

그런데 조선의 일본 순사들이 훨씬 두렵고 무섭게 느껴졌었다.

조선의 일본 순사들은 의심의 눈초리로 조선 사람들을 대했었다.

그들은 지배국의 순사로서 피지배국의 우리 국민들을 무시하고 멸시했었다.

아무 죄가 없는 조선 사람들도 그들 앞에서는 마치 큰 죄라도 지은 사람들처럼 사시나무 떨듯 벌벌 기었으니 나라 잃은 우리 조선 사람들의 고통이야 어찌 다 말할 수 있겠는가?

경찰서 현관문을 들어서서 2층으로 올라가니 일본 순사가 나를 기다리고 있었다.

손해 본 20원을 찾을 수 있겠다는 반가운 마음으로 일본 순사에게 인사를 했다.

일본 순사는 내게

"소지품을 도둑맞았다고? 우선 영주권 증명서 좀 보여줘 봐."

라고 말하지 않는가?

그 당시 나는 아직 영주권 증명서를 발급받지 못했다.

잘못 걸려들었구나 하는 생각이 들었다.

파트너에게 도둑맞은 소지품을 전당포에서 되찾으려다가 영주권 증명서가 없어서 다시 조선 땅으로 쫓겨나지 않나 하는 불안감이 엄습해 왔다.

3차 밀항에서 다시 실패하고 경주 고향으로 되돌아가야만 할지도 모른다는 생각이 들었다. '고향 땅에서 평생 농사만 짓고 살아가야 하는 것이 내 운명인가 보다'라는 허탈감에 온몸의 힘이 다 빠져 버려 서 있기조차 버거울 정도였다.

16. 영주권 증명서 없는 고통

영주권 증명서를 보여 달라고 하는 일본 순사에게

"급하게 오는 바람에 영주권 증명서를 숙소에 두고 왔습니다. 지금 가서 영주권 증명서를 가지고 다시 오겠습니다."

라고 둘러댔다.

내 말을 들은 일본 순사는

"다른 사람 시켜서 가져오면 되니까 너는 여기 잠자코 있어."

라고 말하지 않는가?

나만 아는 곳에다가 영주권 증명서를 보관하고 있으니 내가 직접 가야 한다고 말했더니 일본 순사는 거짓말 그만하라며 내 뺨을 내리쳤다.

뺨을 맞을 때 얼굴 전체가 얼얼했지만 아픈 것보다는 경찰서에 갇히지 않나 하는 걱정으로 가득 찼다.

나는 경찰서에서 매를 맞아 온몸이 벌겋게 피투성이가 되었다.

뺨을 세게 맞아 코피가 터지고 입안이 터져 입속에서 피가 범벅이 되었다.

온몸에 기운이 빠져 쓰러지면 그는 나를 다시 일으켜 세워 주먹질을 하고 발길질을 퍼부었다.

나는 시멘트 바닥에 꼬꾸라졌고 여기저기 구멍 난 시멘트 바닥에는 내 피로 붉게 얼룩져 있었다.

숨넘어가는 목소리로 전당포에 가서 내 물건들을 찾아서 경찰서로 다시 오겠다고 말했다.

온몸이 피로 범벅이 되도록 나를 팬 그 일본 순사는

"그래. 영주권 증명서를 꼭 가지고 오라."

며 나를 비웃었다.

그는 내가 영주권 증명서가 없음을 알고 있었던 눈치였다.

일본 순사는 내가 영주권 증명서가 없다는 것을 어떻게 알아챘을까 하고 의문을 가졌었는데 나중에 알고 보니 내 파트너였던 스즈키가 자기의 죄를 면하기 위해 경찰서에 일렀던 것이다.

아마도 본인이 직접 경찰서에 이야기한 것 같지는 않고 다른 사람을 통해서 내가 영주권 증명서가 없는 밀항자임을 알려 주었던 것 같았다.

경찰서 문을 나와서 전당포로 향했다.

걸어갈 힘이 없었다.

일본 사람도 아니고 같은 조선 사람이 내 소지품을 훔치고 그것도 모자라서 나를 경찰서에 밀고했다고 생각하니 분하기도 하고 한편으로는 슬프기도 했다.

파트너와의 싸움이 이렇게도 나를 고통스럽게 만들지는 상상도 못한 일이었다.

전당포로 가려다가 발길을 돌려 숙소로 먼저 향했다.

경찰서에서 맞은 기색을 보이지 않기 위해 숙소에 가서 세수를 말끔히 한 후에 옷을 갈아입고 전당포를 찾았다.

전당포 주인에게

"경찰서에 다녀왔는데 전당포에 가서 맡긴 물건 값의 반만 주고 내 물건들을 찾으라고 했습니다."

라고 거짓말을 해서 10원 주고 내 물건들을 찾을 수 있었다.

내 물건들을 찾고서 숙소로 들어갈 수가 없었다.

영주권 증명서가 없으니 어쩔 수 없이 숨어 지내기로 마음먹었다.

숙소 바로 옆집에 피신해 있었는데 일본 순사가 내 방으로 나를 찾아 나섰다.

그곳에서 내가 보이지 않자 순사는 내 숙소 주인집으로 찾아가서 나를 내놓으라며 고래고래 고함을 질렀다.

그곳에 더 이상 머물 수가 없었다.

숙소에서 짐을 챙겨서 그곳을 빠져나왔다.

오사카 시내 다이쇼쿠, 산경이야, 추루하시 등을 돌아다녔다.

추루하시에는 조선에서 넘어온 장사꾼들이 많이 살고 있었다.

조선 사람들을 상대로 김칫거리, 채소, 나물, 음식 재료 등뿐만 아니라 각종 생활용품들을 팔고 있었다.

나는 가게에서 짐을 날라 주고 그 대가로 돈을 조금 받는 그런 일들을 했다.

고정된 일들이 아니었기에 오랫동안 일을 할 수가 없었다.

오사카에는 오촌 친척들이 셋이나 살고 있었다.

양복점을 운영하던 친척도 있었다.

오사카에서 특별한 일을 찾지 못하던 나는 친척들 집에 찾아 나서 보았다.

그러나 아무런 도움을 받지 못했다.

모두들 고향을 떠나 일본 땅에서 그만큼 살기가 어려웠던 것이다.

오사카에서 머무를 곳이 없어 고생할 때에 친척들이 반갑게 대해 주지 않은 것에 대해 많이도 섭섭했으나 지금에 와서는 그만큼 살기가 어려워서 그랬었거니 하는 생각이 든다.

scene #3

일본 각지에서 벌인 이런저런 사업

1. 일본 영주권 증명서 취득

오사카 철공소에서 6개월 이상 일을 하다가 파트너와의 싸움, 전당포 사건, 영주권 증명서 사건 등으로 철공소 일을 잃고 아무런 직업도 없이 오사카 시내 여기저기를 방황했다.

오사카에서 살고 있는 친척집들도 방문해 보았으나 뾰족한 수가 없어서 오사카를 떠나 시가 현으로 올라가기로 했다.

시가 현에는 서울시보다 넓은 일본 최대의 호수인 비와호가 있다.

비와호는 민물 호수인데도 마치 바다처럼 수평선이 보이므로 처음 비와호를 본 사람들은 혹시 바다가 아닌가 하는 생각으로 물맛을 보곤 한다.

오사카에서 기차를 타고 시가 현으로 갈 때에 차창 밖을 내다보니 철로 옆에 2층으로 된 일본 집들이 다닥다닥 붙어 있었다.

2층 베란다에는 하얀 옷들이 빨랫줄에 널려 있었는데 그 모습을 보자 내가 살던 경주 고향 집이 떠올랐다.

경주와 울산 사이로 연결된 철로 옆의 우리 집에서도 어머니가 하

얗게 빨래를 해서 빨랫줄에 널어놓으시면 바람에 흰 빨래들이 나부
끼곤 했었다.

흰 빨래가 기다랗게 널려 있는 빨랫줄 사이를 잘못 걸어가다가 빨
랫줄 지팡이를 건들기라도 하면 애써 빨아 놓은 빨래들이 진흙탕으
로 뒤범벅이 되어 어머니께 야단맞았던 일들이 떠올려졌다.

시가 현에는 히로시라는 분이 사셨는데 그는 내 할아버지가 조선
에서 일본에 오실 때에 함께 따라오셨던 고향 분이셨다.

히로시 씨는 고향에서 논이나 밭이 별로 없어서 가난을 면치 못했
지만 할아버지의 도움으로 일본으로 건너와서 이런저런 장사로 돈을
모았다고 한다.

히로시 씨가 살고 있는 동네에 가 보니 그야말로 완전 시골이었다.

너른 들판에 멀리까지 전봇대가 연결되어 있었고 논들 사이로는
농로들이 가지런히 나 있었다.

일본에서도 조선에서와 같이 논농사와 밭농사를 짓는데 농사일은
얼추 비슷해 보였으나 수리관계 시설이 잘 정비되어 농사짓기가 한
층 편리할 것 같았다.

히로시 씨는 나하고는 먼 친척뻘이었는데 그 당시 나이가 많았다.

그는 시가 현 교와카이 회장을 맡고 있었다.

그분의 덕분으로 나는 영주권 증명서를 받을 수 있게 되었다.

1941년 봄 내 나이 20살 때에 드디어 일본 영주권 증명서를 받게
되었다.

지금까지 영주권이 없어서 길을 가다가도 검정 양복 입은 사람만
보면 슬슬 피했던 기억들이 주마등처럼 스쳐 지나갔다.

1차 밀항 때에 사세보 해군기지에서 일하다가 갑자기 들이닥친 경

찰들에게 붙잡혀서 조선으로 강제 출국당했던 일이 생각났다.

그냥 강제출국만 당한 것이 아니라 경찰서에 감금되어 그곳 경찰들에게 이리저리 얻어터졌던 일들이 떠올려졌다.

스키하라라는 순사가 유도 연습한답시고 영주권 증명서가 없어서 강제 출국당하는 우리 일행들을 이리 던지고 저리 던졌던 쓰라린 아픈 추억들도 생각났다.

2차 밀항 때에는 야마구치 항구에서 하적 작업을 하다가 영주권을 취득하려고 경찰서에 갔었는데 경찰에서 내 아버지가 일본에서 노동 운동을 했던 일을 알게 되어 나 혼자만 조선으로 강제 출국당했던 일도 머릿속에 떠올려졌다.

3차 밀항 후에는 오사카 철공소에서 일하다가 파트너가 내 소지품들을 전당포에 맡기고서 돈을 찾아 도망가는 바람에 이를 경찰서에 가서 신고했는데 소지품을 찾기는커녕 오히려 내가 영주권 증명서가 없다며 시멘트 바닥이 내가 흘린 피로 붉게 물들 정도로 매 맞았던 일이 생생하게 기억되었다.

지나온 시절들을 생각하니 나도 모르게 하염없이 눈물이 흘러 나왔다.

육체적인 고통이야 참을 수 있다손 치더라도 영주권 증명서가 없어서 신변이 늘 두려워 지내야 했었던 정신적 고통으로부터 해방되었다고 하니 가슴속이 시원해졌다.

그런데 영주권 증명서를 받고 나서 긴장이 풀렸는지 몸이 여기저기 아파 왔다.

몸도 아프고 맥이 풀려서 생활하기가 여간 불편하지 않았다.

히로시 씨에게 여러 가지로 신세를 지며 그 댁에서 머물고 있었는데 내 몸이 불편하니 그 댁에 더 이상의 신세지기가 죄송스러웠다.

그분께 정말로 신세를 많이 졌고 감사하다는 인사를 정중히 드리고 고베에 사셨던 둘째 외삼촌을 만나기 위해 고베행 기차를 탔다.

2. 고베 정공소 일

일본 영주권 증명서를 취득하고서 그동안의 긴장이 풀렸는지 온몸이 아프고 맥이 풀려서 더 이상 시가 현의 히로시 댁에서 머물 수가 없기에 고베에 사시는 둘째 외삼촌 댁을 찾아 나섰다.

일본 프로야구 구단들 중에서 유명한 구단 중의 하나인 한신 타이거즈가 홈구장으로 사용하는 고시엔 야구구장이 고베에서 멀지 않은 곳에 있다.

고시엔 야구구장은 일본 전국 고등학교 야구대회 개최지로도 유명한 곳이다.

외삼촌을 만나러 고베로 가는 길에는 영주권 증명서를 가지고 있어서인지 마음이 무척 가벼워졌다.

비록 걸어 다닐 기운조차 없었지만 품 안에 소지하고 있는 영주권 증명서를 만지작거리며 많은 사람들로 붐볐던 기차 속에서 묵묵히 지탱할 수 있었다.

고베에 도착하여 만난 외삼촌은 나를 보자마자

"너 어디 아프냐? 몸에 기운이 영 없는 것 같구나."

라고 말하면서 나를 반갑게 맞이해 주셨다.

외삼촌 댁에서 묵으면서 병원을 찾아 나섰다.

그때까지도 나는 일본어를 잘하지 못하여 혼자 병원에 갈 수가 없었기에 외삼촌께서 나를 병원까지 데려다 주었다.

병원 의사가 내 몸에 대해 이런저런 것들을 물을 때에 외삼촌은 중간에서 조선말로 통역을 해 주었다.

내 몸을 진찰받아 보니 허리에 담이 걸려 있었고 속이 안 좋아서 소화도 잘되지 않는다는 것이었다.

스무 살의 젊은 나이에 담이 들었다니 그 사실을 누구한테 말도 못했다.

일본에 건너와서 매를 많이 맞아 온몸이 망가졌던 것이다.

남들은 무거운 짐을 갑자기 들다가 허리를 다쳤다는데 나는 일본에 건너와서 여기저기서 매를 맞아 허리에 골병이 들었다고 생각하니 한숨이 저절로 나왔다.

아픈 허리는 병원 다니면서 약 먹고 나을 수 있었다.

젊은 나이에 허리에 담이 걸려서 얼마 동안 고생은 했지만 그래도 나은 것이 천만다행한 일이었다.

그러나 젊은 시절에 다쳤던 허리는 60여 년이 지난 오늘날에도 계단을 오르내릴 때 쑤시고 아프다.

요즘에도 허리가 아플 때면 젊은 시절의 일본 생활들이 하나하나씩 생각나며 지나온 수많은 고생들이 바로 엊그제 일처럼 뚜렷이 기억되고 있다.

고베 외삼촌은 그 당시에 자식이 없었다.

외삼촌은 외숙모와 단둘이서 교회 2층집에서 살고 있었다.

요즘에도 일본에는 기독교 인구가 그리 많지 않은데 그 당시에 일본의 기독교 인구가 얼마 되지 않았겠지만 외삼촌 부부는 신앙심이 깊은 교회 집사였다.

외삼촌은 고베 정공소에서 일하시고 계셨다.

나는 외삼촌의 도움으로 고베 정공소에서 임시직으로 일할 수 있게 되었다.

고베 정공소에서 내가 했던 일들은 연마할 쇠를 나르는 일과 갖가지 도구들을 챙기는 일 그리고 기타 여러 가지 잡일들이었는데 그곳에서 일한 덕에 돈을 조금 모았다.

쇼와 17년, 1942년 봄에 일본은 미국과 태평양 전쟁을 시작한 지 처음으로 남포 어느 섬에서 10만 명이 몰살당한 일이 있었는데 이때부터 전세가 서서히 뒤집혀지기 시작했다고 한다.

이러한 때에 나는 외삼촌 댁에서 머물면서 고베 정공소에서의 일을 통하여 돈을 조금씩 모으고 있었다.

3. 조선으로 나와서 결혼

고베 외삼촌께서는 그 당시에 경주 고향에 계셨던 내 아버지와 편지 연락을 종종 주고받았던 것 같았다.

고베 정공소에서 일을 마치고 돌아온 어느 날 저녁에 외삼촌은 나에게 장가를 가라고 종용했다.

결혼은 어느 정도 자리 잡힌 후에 하겠다고 말씀드렸는데도 외삼촌은 막무가내로 결혼을 빨리 하라는 것이었다.

결혼도 때가 있는 것이니 경주 아버지가 자리를 잡아 놓았을 때에 모른 척하고 장가를 가라는 것이었다.

외삼촌은 몇십 년 동안 고향에 가 본 적이 없다며 나와 함께 고향에 가고 싶다고도 말씀하셨다.

그 당시에 내 나이 21살인데 결혼하기에는 너무 이른 나이라고 생각했다.

고향의 동네 친구들 중에는 이미 결혼해서 아이도 둔 친구가 있긴 하지만 나는 일본에서 이렇다 할 직업도 없는데 어떻게 결혼부터 할 수 있겠는가라는 생각이 들었다.

외삼촌이 거의 매일 내게 결혼하러 경주에 가지고 말씀하시는 바람에 어쩔 수 없이 결혼하기 위해 경주로 돌아가기로 마음먹었다.

고베에서 기차를 타고 시모노세키에서 다시 연락선을 타고 부산에 당도했다.

부산에 도착하니 고베와 마찬가지로 초여름이 시작되어 어느덧 날씨가 무덥기 시작했다.

부산에서 기차를 타고 경주 가는 길에 창밖을 내다보니 보리가 피기 시작했다.

초여름 날씨에 산속의 나무들은 초록의 녹음으로 우거지고 있었다.

신작로 양옆으로 심어져 있는 포플러 나무의 이파리들이 산들바람에 흔들릴 때면 마치 바다 위의 파도가 살랑거릴 때 비치는 햇빛처럼 반짝거렸다.

집에 들어가 보니 이미 결혼식 준비가 다 되어 있었다.

아버지는 고베의 외삼촌과 긴밀하게 편지 연락을 하셔서 내 결혼 날짜를 잡으셨다.

집에 돌아와서 얼마간 있다가 결혼을 하는 줄 알았는데 이미 결혼식 날짜가 잡혀 있고 혼례 잔치까지 준비되고 있음에 나는 많이 놀랐었다.

알고 보니 결혼식 날짜가 잡히기까지 이전에 두 번씩이나 날짜를 잡았었는데 미루고 미루었다고 한다.

외삼촌이 나더러 장가가라며 경주로 돌아가라고 말씀하셨을 때에 이미 결혼날짜까지 잡았었던 것인데 내가 경주로 돌아오지 않자 자연히 결혼식이 미루어졌던 것이다.

고향에 도착한 지 이틀 후에 결혼식이라며 준비를 하라고 했다.

고향에 도착하고 그다음 날에 경주 읍내에 나가서 깨끗이 이발을 했다.

결혼식에 입을 혼례복을 입어 보았고 사모도 써 보았다.

나무로 된 신발인 목화도 신어 보았다.

결혼식은 신부 집에서 있었다.

잘 기억은 나지 않지만 상 위에 촛불 두 개를 켜 놓았고 송죽 화병 한 쌍과 백미 두 그릇을 올려놓았던 것 같다.

그리고 닭 한 자웅을 남북으로 갈라놓았다.

세숫대야에 물 두 그릇을 준비하고 수건도 걸려 있었다.

그리고 술상 두 개가 신부와 신랑 측에 하나씩 마련되어 있었다.

나무로 깍은 기러기를 신랑 측에서 신부 측에 전달하는 순서가 있었는데 이는 기러기가 부부금실이 좋고 자손이 많다고 하여 결혼식에서 그러한 풍습이 전해져 내려오고 있다고 한다.

일본에서 건너간 지 이틀 만에 결혼식을 치르고 그다음 날에 나는 다시 일본으로 떠나와야 했다.

고향에서 오래 머무르고 싶지 않았다.

남들처럼 결혼식도 치르고 했으니 몇 달 아니, 며칠이라도 고향 집에 있다가 일본으로 건너왔어야 했는데 결혼식 그다음 날에 일본으로 와 버렸으니 신부에게 무척이나 미안한 일이었다.

결혼할 마음이 전혀 없었는데 갑자기 집안에서 서두르는 바람에 치른 결혼인지라 결혼했다고는 하지만 실감이 나지 않았다.

일본으로 다시 건너올 때에도 처음 밀항할 때의 마음과 똑같이 꼭 성공하여 고향으로 돌아오겠다는 마음뿐이었다.

그런데 혼자일 때 일본으로 건너온 것과는 사뭇 기분이 달라졌다.

이제 결혼도 하였으니 일본에 가서 빨리 돈 벌어 고향으로 되돌아와서 행복한 가정을 꾸려야겠다는 책임감이 생겨났다.

초여름의 따가운 햇볕 속에 경주 집에서 나와 불국사역으로 향했다.

아버지와 어머니 그리고 집안 식구들이 나를 배웅해 주러 역까지 함께 걸었다.

어제 결혼한 신부도 고운 한복을 입고 불국사역까지 배웅해 주었다.

기차에 올라 차창 밖을 내다보니 집안 식구들이 내게 손을 흔들고 있었다.

그들에게 손을 흔들면서 신부의 모습을 바라보았다.

저고리 옷고름으로 얼굴을 연신 가리며 손을 흔들어 주는 신부를 보니 참으로 마음이 아팠다.

일본에 들어가면 언제 돌아올지 모를 일인데 혼자 있어야만 하는 신부를 보니 가슴이 미어지는 듯한 슬픔이 내 몸을 감쌌다.

기차가 기적 소리를 울리며 천천히 움직이자 내 눈가에 눈물이 맺히는 듯했다.

4. 징용 대상

결혼식을 하고 그다음 날에 나는 일본으로 건너왔다.

일본으로 다시 와 보니 분위기가 심상치 않았다.

외삼촌 부부와 함께 고베 교회 2층에서 지내고 있었는데 그 교회에 조선 사람들이 많이 다닌다고 하여 고베 경찰서에서 교회를 부수려는 움직임이 있었다.

일본이 미국과의 태평양 전쟁에서 커다랗게 패하기 시작하자 조선 사람들에게 여러 가지 핍박을 가하기 시작했던 것이다.

아무리 일본이 미국과의 전쟁에서 어려움을 겪고 있다고 해도 아무런 나쁜 일을 하지 않은 교회를 없애 버릴 명분은 없었다.

교회는 오카다라고 하는 유명한 조선 목사가 담임목사로 재직 중이었다.

조선 사람들이 많이 다닌다는 이유로 교회에 들어와서 이런저런 조사를 하던 일본 헌병대와 경찰 수사대가 나를 발견하고는 나를 징용 대상에 넣어 버렸다.

제2차 세계대전이 한창이던 1941년부터 전쟁에서 부족한 노동력을 징용으로 보충하기 위하여 젊은이들을 강제노동으로 끌고 갔었다.

나는 징용으로 끌려갈 수 없었다.

고향에서 농사짓고 살다가는 아무런 희망도 안 보이기에 돈 벌려고 일본 땅으로 건너왔는데 징용이라니 그것은 나에게 죽음과도 같았다.

우리나라를 식민지로 빼앗고서 그것도 모자라 이웃나라뿐만 아니라 미국과 전쟁을 일으킨 일본을 위해 내가 강제로 노동한다는 것은 있을 수 없는 일이라고 생각했다.

경주 고향에서 3·1 만세운동을 외삼촌과 함께 주동하셨던 아버지가 일본 순사들을 피해 상해로 망명 가셨을 적에 어머니와 우리 식구는 고향에서 수많은 어려움을 겪었었다.

우리나라 독립을 위해 독립군이 되지는 못할망정 일본을 위한 징용은 당할 수 없었다.

나는 어떻게 하든지 징용으로부터 피신하려는 마음을 먹고 있었다.

외삼촌과 친한 사람들 중에 오야가타 다마가와 사장님이 계셨는데 그분은 나를 자기 아들로 생각해 줄 정도로 잘 보살펴 주었다.

나는 그분 회사에 나가 심부름, 청소, 기타 잡일 등을 해 주었다.

쇼와 17년, 1942년 11월 24일 오후 3시 반경에 오야가타 사장님이 아무 말도 없이 교회 2층으로 나를 찾아왔다.

사장님께 반갑게 인사를 드렸는데 그는 느닷없이

"너는 어떤 일이든지 잘하는 것이 없는 것 같다. 꼴도 보기 싫으니까 내 앞에 나타나지 말고 고베를 떠나 버려라."

라며 화를 내는 것이었다.

그는 이 말만 하고서 2층 계단을 내려와 교회 문밖을 나가 버렸다.

나는 어안이 벙벙했다.

그토록 내게 잘 대해 주시던 사장님이 어쩌면 저리도 변할 수 있을까라는 생각에 사람이 싫어져 버렸다.

아무와도 얘기하고 싶지 않았고 심지어 눈 마주치는 것도 꺼려졌다.

그날 오후 4시 정도에 집에서 나와 목욕탕에 가서 뜨거운 물속에 몸을 담그고 사장님의 말씀을 곰곰이 생각해 보았다.

목욕을 하고 나니 어느 정도 기분이 나아지기는 했어도 고베에 있을 수가 없어서 고베 산노미야 역에서 기차를 타고 요코하마로 올라갔다.

요코하마로 올라가서 친지들을 방문하며 1주일 정도 머무르다가 고베로 다시 돌아왔다.

그런데 내가 그해 11월 25일에 남방의 가나루가타로 징용을 출발했어야 했는데 거기에 가지 않고 도망쳤다며 경찰들이 다녀갔다는 것이다.

징용 날짜를 며칠 지나도 내가 나타나지 않자 헌병과 경찰들은 내가 징용에 가지 않으려고 도망쳤다는 이유로 교회 건물을 부숴 버렸다고 했다.

무슨 내용인지 전혀 몰랐는데 나중에 알고 보니 외삼촌과 오야가타 사장님은 나를 징용에서 빼려고 경찰서에 찾아갔었단다.

그런데 내가 징용 안 가는 것이 불가능하다는 얘기를 듣고 나를 어디론가 피하도록 거짓으로 나를 화나게 했다는 것이다.

그 말을 듣고서야 오야가타 사장님에 대한 서운한 마음이 풀렸다.

내게 화냈던 그다음 날이 바로 내가 징용을 떠나야만 했던 날이었다.

　사장님이 내게 징용에 끌려가지 않도록 어디론가 도망가라고 그냥 말하면 혹시 도망가지 않고 고베에서 머뭇거릴까 봐서 일부러 그토록 화를 내셨다니 속 깊은 그분께 진심으로 감사하다고 생각했다.

　내가 고베에 나타나자 외숙모님은 벌벌 떠시면서 헌병대에 붙잡히지 말고 빨리 어디론가 도망치라고 말씀하셨다.

　나는 어디론가 도망가야만 했다.

　징용에 끌려가서 고생할 필요가 없었다.

　밀항선 타고 어렵게 일본까지 건너왔는데 징용으로 끌려간다면 나의 미래는 그야말로 암흑 자체가 되어 버린다고 생각했다.

　징용을 피하기 위해 어디로 가야 하나 생각해 보았다.

　요코하마로 갈까?

　나고야로 올라갈까?

　오카야마로 내려갈까?

　징용을 피하기 위해서는 일본 내에서도 첩첩산중으로 숨어들어 가야만 안전하다고 생각했다. 그래서 기후 현으로 가기로 마음먹었다.

5. 징용을 피해 기후 현으로

고베 외삼촌 댁에서 머무는 동안에 헌병대에서 나를 징용으로 끌고 가려 하기에 징용을 피해 기후 현으로 숨어들었다.

그해 11월 30일경에 고베에서 막차를 타고 기후 현 사까까미에 도착했다.

그야말로 깊은 산속에 있는 조그만 마을이었다.

기후 현에 도착한 무렵이 11월 말경인데도 벌써 눈이 내리고 한겨울처럼 살 속을 파고드는 추위가 시작되었다.

사까까미 마을의 조그만 여관에서 도착한 날 밤을 보냈는데 난로를 피웠는데도 어찌나 춥던지 잠을 제대로 잘 수가 없었다.

기후 현과 인접하여 도야마 현이 있는데 도야마 현에는 구로베 댐이라고 하는 수력발전 댐이 건설 중에 있었다.

수력발전 댐에서 만들어진 전기를 교토나 오사카 지방으로 송전하기 위해서는 산속에 전봇대를 세워야 하는데 나는 그 일에 참여하고 싶었다.

사까까미 마을의 여관에서 아침을 먹고 마을 거리를 나가 보니 오쿠라 조합에서 고압선 전봇대를 세우는 인부를 모집한다는 벽보가 눈에 들어왔다.

벽보를 보고 오쿠라 조합을 찾아가서 내가 할 수 있는 일거리가 있느냐고 물었다.

다행스럽게도 오쿠라 조합의 직원은 나더러 한번 일해 보라 했다.

고압선 전봇대를 세우는 일은 보통 힘 드는 일이 아니었다.

12월로 접어들자 그 지역에 눈이 50센티 정도 쌓였다.

평소에 산을 오르는 것도 산이 가파르기 때문에 무척이나 힘이 드는데 사람 무릎까지 쌓인 눈을 헤쳐 가며 산을 오르는 일은 힘이 몇 배나 더 들었다.

전봇대를 세우는 일터까지 가는 데에만 2시간 정도 걸렸다.

눈을 헤쳐 가며 산을 오르다가 미끄러져서 산 아래로 구른 적도 있다.

눈 속에 파묻혀서 손과 발이 얼어 움직이지도 못할 정도였지만 그래도 한 걸음씩 간신히 움직여 일터로 오르곤 했었다.

전봇대 세울 때에 맨 밑에 콘크리트로 기초공사를 하고서 그 위에 전봇대를 세우고 전봇대와 전봇대 사이에 전깃줄을 잇는 작업이었다.

내가 전봇대 세우는 일에 들어갔을 때에는 거의 막바지 일이었기에 그곳에서 오래 일할 수가 없었다.

기후 현에서 설날을 보내고 다른 곳으로 일을 찾아 나서기로 했다.

일본에서는 설날에 쌀로 밥을 지어 먹지 않고 대신에 야채, 고기, 생선이 주재료인 오세치 요리를 먹는다.

나는 설날에 밥 대신에 찹쌀로 만든 하얀 떡을 먹었다.

일본 떡을 보니 고향 경주에서 먹었던 인절미나 시루떡이 생각났다.

하얀 김이 모락모락 나는 따뜻한 떡을 한 입 먹고 나면 아무리 추운 겨울 날씨에도 몸속에서 훈훈한 기운이 돌았던 기억이 떠올려졌다.

일본의 첩첩산중에서 설날을 보내노라니 고향에 계신 아버지와 어머니 그리고 누나와 동생이 보고 싶어졌다.

큰아들로서 그때까지 부모님께 이렇다 할 효도도 제대로 하지 못했고 형제로서 따뜻한 사랑도 못 주고 있다고 생각하니 참으로 죄송스러웠다.

더군다나 결혼하고서 경주 집에 혼자 있을 아내에게도 너무 미안한 마음이 들었다.

기후 현에서 설날을 보내고 치바 현으로 갔다.

치바 현은 동경과 인접해 있는 현으로서 태평양 연안을 두고 있다.

도쿄 디즈니랜드나 나리타 공항도 치바 현에 속해 있다.

나는 치바 현 기사라스 옆에 있는 기미즈 시에 갔다.

기후 현에서 일할 때에 오쿠라 조합의 반장이 나를 잘 보아서 일자리를 하나 소개시켜 준 것이었다.

징용을 피해 고베에서 무작정 떠나왔던 상황이었기에 일본 전국의 어느 곳이라도 찾아가서 일자리를 구해야만 했다.

기미즈 시에서 가와사키 철공소가 지어지고 있을 무렵이었는데 철공소 건축 일을 찾아 그곳으로 간 것이었다.

철공소를 짓기 위해서는 기초공사를 해야 하는데 기초공사에서 꼭 필요한 일이 시부꾸를 파내는 일이었다.

설날이 지난 지 얼마 되지 않은 추운 겨울 날씨에 물속에 들어가서 시부꾸를 파내는 일이 여간 힘든 일이 아니었다.

시부꾸를 파내기 위해서 물속으로 들어갈 때에 팬티만 입고 들어갔으니 어찌나 물이 차갑던지 발에서부터 무릎까지가 살점이 떨어져 나가는 것 같은 통증을 느꼈다.

추운 겨울 날씨 속에서 공사 일을 해 보긴 했지만 얼음이 얼 정도로 차가운 물속에서 작업한 건 처음이었다.

조선 사람 셋과 함께 시부꾸 파내는 일을 마칠 수 있었다.

그 사람들도 나와 같이 돈 벌러 일본으로 건너온 사람들이었다.

두 명은 경상도 출신이었고 한 명은 전라도 출신이었다.

공사장에서 만나는 조선 사람들과 이런저런 이야기를 자세하게 나눌 수는 없었지만 고향이 어디이고 가족관계는 어떻고 하는 정도의 이야기만으로 서로를 위로하고 함께 고생하며 일을 해냈었다.

철공소 기초공사를 마치고 새로운 일자리를 찾아 길을 나서야 했기에 그들과 헤어져야만 했다.

그들도 나처럼 각자의 일자리를 찾아 일본 어디론가 떠나갔었다.

비록 같은 조선 사람들이라고 해도 만나서 함께 일하다가 각자 헤어짐이 이상스럽게도 자연스러웠다.

어떻게 하든 일자리를 찾아나서야 하는 절실함이 강했기 때문이었을 것이다.

6. 건설회사 사장 딸과의 만남

기후 현에서 높은 산자락에 전봇대 건설 일을 한 계기로 나는 오쿠라 조합원이 되었다.

오쿠라 조합에서는 어떤 일이 끝나면 다른 곳으로 일자리를 알선해 주곤 했다.

치바 현에서 가와사키 철공소 기초공사 일을 마무리 짓고서 도쿄 만에서 일을 시작했다.

태평양전쟁 중인지라 도쿄 근처에 군사용 비행장을 건설하고 있었는데 그 위치가 바로 도쿄 만에 인접해 있는 육지였다.

비행장 건설 사업 중에서 나는 비행기 격납고를 짓는 일에 합류했다.

비행기 격납고 건물을 짓기 위한 기초공사로서 땅을 파는 작업을 해야 하는데 도쿄 만은 진흙으로 되어 있어 땅파기가 쉽지만은 않았다.

사이타마 현을 출발하여 도쿄를 거쳐 도쿄 만으로 주입되는 아라카와 강이 있다.

도쿄 만 땅은 아라카와 강의 퇴적물로 이루어진 진흙이 대부분이라서 격납고 기초공사에 필요한 땅파기 작업은 곧 진흙 파기 작업이었다.

니가타 출신의 일본 사람과 단둘이서 몇 달에 걸쳐 격납고 기초공사를 위한 진흙 파내기 작업을 마쳤다.

그 친구는 키가 작고 얼굴이 까무잡잡했지만 일을 성실하게 잘했었다.

곡괭이로 진흙을 팔 때면 곡괭이가 진흙 속에 빠져 버려서 흙 파는 것은 고사하고 곡괭이 빼내는 일이 힘들 때도 있었다.

우리가 진흙을 다 파낸 후에야 콘크리트 작업을 하고 그다음으로 철근 기둥을 세웠기 때문에 격납고 건설회사 사장은 우리가 일하는 것을 늘 지켜보고 있었다.

하루는 건설회사 사장이 내게

"자네, 쉬는 날이 언제인가?"

라고 물어 왔다.

격납고 건설의 기초공사 일할 때에 초하루와 16일로 한 달에 두 번 쉬었다.

그 사장은 도쿄에 자기 집이 있는데 언제 한번 놀러 오라고 했다.

쉬는 날에는 숙소에서 잠을 자든지 혹은 도쿄 만 근처를 돌아다니는 정도였는데 도쿄도 구경할 겸 해서 쉬는 날에 사장님 집에 놀러 가 보기로 마음먹었다.

건설회사 사장이 자기네 집으로 놀러 오라고 제안한 때로부터 몇 주 지나서 사장님 집을 방문하기 위해 도쿄로 출발했다.

도쿄 만에서 가까운 기차역까지 버스를 타고 다시 도쿄행 기차로 옮겨 타고서 도쿄로 향했다.

도쿄로 가는 철로 변에는 자그마한 2층집에 기와집들이 늘어서 있었다.

따스한 봄기운에 파릇파릇 새싹이 돋아나고 있었고 너른 평야 끝에는 아지랑이도 피어오르고 있었다.

도쿄 시내까지 그리 가까운 거리가 아니었다.

역과 역 사이에는 논과 밭들이 이어지는 곳도 있었고 철로 양옆으로 집들이 이어지는 곳도 지났다.

도쿄 시내는 일본의 수도라서인지 다른 대도시보다 차량도 많고 오고 다니는 사람들도 많았다.

양복 입은 남자들도 많이 보였고 까만 교복을 입고 학교에 가는 학생들 모습도 눈에 많이 띄었다.

기모노를 입고 게다를 신은 채로 아장아장 걸어 다니는 일본 여자들도 많이 보였다.

사장님 집은 긴자 남쪽으로 바닷가에 있었는데 1,000평 정도로 아주 너른 집이었다.

하얀 벽돌로 만들어진 창고가 쭉 늘어서 있었고 그 옆에 커다란 2층집을 살림집으로 사용하고 있었다.

정원에는 특유의 일본식으로 자그마한 연못이 자리하고 있었고 연못 주위는 아기자기한 나무들로 둘러싸여 있었다.

연못 바로 옆에는 파릇파릇 잔디가 자라고 있어 보기만 해도 눈이 시원해졌다.

담 가에는 커다란 소나무 한 그루와 벚꽃 나무들이 있어서 집 안을 아늑하게 만들어 주었다. 역시 건설회사 사장답게 부자로 살고 있다는 생각이 들었다.

2층으로 연결된 계단으로 올라가서 집 안으로 들어서니 커다란 상 가득히 음식을 장만해서 나를 따뜻하게 맞이해 주었다.

사장님은 딸만 둘 두었다.

큰딸은 그해에 대학을 졸업했고 둘째 딸은 대학 재학 중이었다.

나를 포함해서 다섯이서 식사를 했다.

식사하면서 이런저런 얘기들을 내게 묻곤 했는데 그때까지도 일본어를 잘 못해서 미안하기도 했고 한편으로는 창피스러웠다.

내가 일본어를 말하는 것은 주로 일터인지라 일꾼들 사이의 일본어만 주로 알고 있었고 여러 분야의 일본어 구사는 잘할 줄 몰랐다.

음식은 맛있는데 일본어를 하면서 먹으려니 긴장도 되고 해서 소화가 잘 안 되는 것 같았다.

따스한 봄이 지나고 무더운 여름이 시작된 어느 날에 사장님은 자기 첫째 딸을 내가 일하는 일터로 데리고 온 적이 있었다.

사장님은 자기가 바쁘다면서 나더러 첫째 딸하고 이야기를 하고 있으라고 말하고는 밖으로 나가 버렸다.

사장님 첫째 딸은 얼굴이 하얗고 피부도 고왔다.

키가 크지 않고 다소곳한 모습이 전형적인 일본 여인처럼 보였다.

말하면서 간혹 웃을 때의 모습은 세상 걱정이 하나도 없는 사람마냥 천진스러워 보였다.

명랑한 모습이면서도 가벼워 보이지 않고 점잖으면서도 자기 의견을 또박또박 말했다.

사장님이 자리를 뜨신 후에 첫째 딸과 대화를 하기 시작했다.

첫째 딸은 그 당시에 대학을 졸업해서인지 너무나도 고상한 일본어를 말했다.

같은 표현이라도 정중한 표현의 일본어는 내게 어렵게 느껴졌다.

그녀가 말하는 일본어는 마치 궁중에서 사용하는 말 같아서 나는 대화를 좀처럼 쉽게 풀어 나가지 못했다.

꽃 얘기가 나왔었다.

그녀는 봄에는 무슨 꽃이 피고 여름에는 또 무슨 꽃이 핀다며 내가 잘 알지 못하는 얘기들을 그야말로 유식하게 늘어놓았다.

그녀는 여름에 피는 꽃으로 유리꽃 얘기를 했다.

나는 유리꽃이 무슨 꽃인지 알았었다.

그녀가 유리꽃을 좋아한다고 하기에 나는 산속으로 들어가서 유리꽃을 잔뜩 따서 그녀에게 건네주었다.

유리꽃을 건네받은 그녀는 환하게 웃으며 내게 몇 번이고 고맙다는 말을 했다.

건설회사 사장님은 내가 첫째 딸과 결혼하기를 바랐다.

그 당시에 일본 젊은이들은 군대에 가서 거의 다 죽었으니 딸 가진 부모들은 자기 딸 결혼시키기가 여간 힘든 일이 아니었다.

사장님은 내가 조선 사람이긴 하지만 일하는 것을 보니 성실하게 보여 나를 사위로 삼고 싶다는 것이었다.

그렇지만 나는 조선에 부인이 있었다.

결혼식 올리고 하루 만에 일본으로 건너왔지만 엄연히 내게는 부인이 있었기에 나는 유부남이었다.

그때 주위의 일본 사람들은 나더러 바보라고들 얘기했다.

사장 사위가 되면 평생 먹고살 수 있을 정도로 재산을 많이 물려받을 텐데 왜 그 사장의 사위가 되려 하지 않느냐며 야단들이었다.

설사 조선에 부인이 없었다고 해도 내가 일본 여자와 결혼하기에는 선뜻 마음이 안 내켰을 것 같다.

비록 일본에서 살고는 있어도 일본인이 되고 싶지는 않았다.

사장의 첫째 딸은 4일 동안 비행기 격납고 건설 현장에 있었다.

4일 동안 나와 이야기를 해도 아무런 성과도 없자 그녀는 자기 집으로 돌아가 버렸다.

나와 헤어지며 집으로 돌아가는 그녀의 발걸음에는 기운이 없어 보였다.

그녀를 떠나보내는 내 마음도 어딘가 공허하여 파란 수평선 위의 흰 뭉게구름만 물끄러미 쳐다보았다.

7. 군대 막사 400채 건설

내가 오쿠라 조합에 들어갔던 쇼와 17년, 1942년 말경에는 직원 수가 50명이었는데 그다음 해인 쇼와 18년이 되니까 전부 다 해서 겨우 4명만 남아 있었다.

1943년이 되니 태평양 전쟁이 한창이던 때라 일본 젊은이들은 군대에 끌려간 사람들이 많았다.

오쿠라 조합에서 일하던 일본 젊은이들 중에서 군대에 가지 않은 사람들은 자기 집으로 돌아가 버려서 결국 50대 아저씨 3명하고 나만 남아 있었다.

나는 여기저기 옮겨 다녀서 서류가 없어져 버렸는지 다행스럽게도 군대에 끌려가지 않았다.

고베에서 징용에 끌려갈 뻔했었는데 징용을 피해 기후 현에서 전봇대 일을 하다가 치바 현에서 철공소 기초공사 일을 마치고 도쿄 만의 비행장 격납고 공사 일을 하고 있던 중이었다.

그 당시에 내가 징용에 끌려갔었더라면 나도 다른 사람들처럼 죽거나 혹은 그곳에서 돌아오지 못했을지도 모를 일이다.

비행장 격납고 건설 현장의 감독자들은 주로 일본 군대의 높은 사람들 아들들이 대부분이었다.

일본 군대의 높은 사람들이 자기네 아들들을 군대에서 빼내어 후방 건설업 감독자로 남아 있게 한 것이다.

아무리 철두철미한 일본 사람들이라고 해도 죽을지도 모를 전쟁터에 자기 아들을 보내고 싶지는 않았을 것이다.

어느 날 도쿄 만에 세워져 있던 군대 건물들이 미국 폭격기들에 의해 무너지고 파손을 당했다.

군대 건물이 폭격당하자 그들은 산속에 병사를 지을 계획을 세웠다.

도쿄 만에 있던 군대 건물이 폭격당했으니 어차피 새로 건물을 지어야 하는데 이왕이면 폭격기로부터 은폐와 엄폐가 가능한 산속에 군대 건물을 지으려 한 것이었다.

군대 감독관은 나에게

"야, 오쿠라. 너 이 일을 제 시간에 마칠 수 있겠느냐?"

라고 말하며 일을 빨리 하라고 재촉했다.

감독관은 내가 오쿠라 조합 소속이라서 내 이름 이와사키 대신에 오쿠라라고 불렀다.

군대 건물을 400채나 지어야 하는데 몇 명 되지도 않는 우리 직원들이 어떻게 빠른 시일 내에 그 일을 마칠 수 있겠는가?

우리 직원 몇 명과 군인 몇 명뿐이라서 도저히 일이 빨리 진척되지 않았다.

그 감독관은

"인력을 투입하면 빨리 끝낼 수 있겠느냐?"

라고 내게 물었고 나는 인력보충을 해 주면 당연히 빠른 시일 내에 마칠 수 있다고 대답했다.

그 이튿날 감독관은 군인 4,000명을 인솔하고 나타났다.

그는 병사 건설 현장에서 군인들에게 나를 가리키며

"이 사람은 오쿠라 조합의 기술자니까 너희들은 이 사람 말을 잘 들어야 한다. 알겠나?"

라는 말을 남기고 사무실로 내려갔다.

그때까지 기껏해야 몇십 명이 모여서 일을 했었는데 4,000명을 데리고 일을 하려니 어디서부터 시작해서 어디서 끝내야 될지를 몰랐다.

나는 우선 우리들이 해야 할 일들을 분류했다.

땅파기, 대패질, 벽돌 쌓기, 콘크리트 만들기, 모래와 자갈 운반하기, 세면하기, 지붕 만들기, 나무 운반하기, 못질하기, 미장이 일 등 여러 분야로 나누어서 군인들에게 각자 잘할 수 있는 분야를 선택해 보라고 했다.

병대라고는 하지만 30대와 40대 사람들이 대부분이었다.

1등급과 2등급은 전쟁터에 나가서 싸웠고 3등급을 받은 군인들만 후방에서 병사를 짓는 일에 투입되었다.

그 당시 일본은 전쟁을 승리로 이끌기 위해 한마디로 안간힘을 썼던 시절이었다.

그러니 30대와 40대 사람들도 소집하여 전쟁터는 아니어도 군대 건물 짓는 데에 활용했던 것이다.

군대 막사 400채를 짓는 데 군인 4,000명을 모집하였으니 인원은 문제가 없는데 이번에는 건물을 짓는 데 필요한 연장이 턱없이 부족했다.

연장을 구하러 도쿄 시내로 들어갔다.

군대 트럭을 타고 도쿄 시장을 뒤져서 건물 짓는 데 필요한 연장을 모두 구해 현장으로 돌아왔다.

톱, 망치, 미장이 일 등을 못 하는 사람들은 기둥 나르는 일을 시켰다. 기둥은 4미터 정도의 길이였는데 둘이서 양 끝을 메고 날랐다.

4,000명의 일꾼이라고는 하지만 그들은 몸이 약해서 일을 제대로 하지 못했다.

무엇보다도 게을러서 일을 하다가도 힘들다며 그 자리에서 드러누워 버린 군인들도 많았다. 그럴 때마다 나는 그들을 큰소리로 야단치곤 했다.

군대 막사 건설의 현장 책임자인 나로서는 하루하루 지나는 시간이 너무나 아까웠다.

마음이 급해 올 때마다 일부러 태연한 척해야만 했다.

아무리 바쁘더라도 내가 어찌할 줄 몰라 방황한다면 그 많은 사람들은 얼마나 불안해할까 하는 생각이 들었다.

몸들이 약하고 게으른 사람들이 많긴 했어도 4,000명이 한꺼번에 일을 하니 일의 진척이 상당히 빨랐다.

군대 막사 건설 현장의 감독관으로서 몸이 피곤하고 힘들 때마다 산에서 내려다보이는 도쿄 만을 바라보곤 했다.

한증막같이 푹푹 찌는 일본 여름의 무더운 날씨 속에서 비 오듯이 땀을 흘리다가도 푸른 바다를 내려다보면 몸도 마음도 시원함을 느꼈다.

8. 산골짜기 군대 위안소

군인 4,000명을 이끌고 군대 막사 400채를 짓고 있던 도쿄 만의 산 뒤로는 기다란 골짜기가 있었는데 골짜기를 따라 올라가면 그 안에 다시 여러 골짜기로 나뉘어 있었다.

골짜기 입구에 해군 위안소가 있었다.

위안소에 있는 여자들은 일본인이었다.

그들이 어떻게 해서 위안소까지 들어왔는지는 몰라도 군인들을 상대로 하는 일종의 직업여성들이었다.

태평양전쟁 시에 일본 군인들은 일본 본토보다 만주, 중국, 인도차이나, 필리핀, 남태평양 등에서 전쟁을 치렀다.

위안소가 만들어진 이유는 일본 군인들이 점령지의 민간 여성을 상대로 강간 행위를 저질렀기 때문이라고 한다.

일본군 위안소는 청일전쟁 때부터 만들어졌는데 1932년에 일본 해군이 상해에 위안소를 만들기 시작하여 일본 육군에도 설치 운영되었고 이러한 위안소가 일본 군인들이 이동하면 함께 움직였다고 한다.

나는 그 당시에 조선의 젊은 여성들이 일본군 위안소에 끌려가서 처절하게 성노예가 되고 있다는 것을 몰랐었다.

일본 본토에는 다른 나라에서처럼 전쟁이 그리 심하지 않아서 위안소 또한 많지 않았던 것 같다.

일본 본토 내의 일본군 위안소는 일본 여성들로 채워졌지 않나 싶다.

군대 막사를 짓고 있던 4,000명의 군인을 상대로 해군 위안소가 막사 건축 현장 뒤의 산골짜기에 자리하고 있었다.

그곳에 있던 해군 위안소에는 소위 이상의 장교는 출입이 금지되었다.

사병들만 위안소 출입이 허가되었고 장교들은 시내에 있는 게이샤들에게만 갈 수 있었다.

장교들로 하여금 사병들과 다르게 높은 품위를 유지하라는 취지였을 것이다.

막사 건설 현장에는 장교가 16명 정도 있었다.

그들도 젊은 남자들인지라 위안소에 있는 여자들에게 관심을 가지곤 했다.

위안소 여자들은 오후 2시 정도가 되면 건설 현장으로 찾아와서 병사들에게 잠시 쉬었다가 일하라며 맛있는 음식을 내놓기도 했다.

사병들은 음식을 먹으면서 위안소 여자들과 이런저런 이야기를 나누는데 장교들은 그 여자들하고 얘기도 못 하고 비실비실 웃기만 했다.

이럴 때 나는 음식을 가져다가 장교들에게 주었고 그들은 그 음식을 맛있게 먹었다.

일반 사병들은 장교와 사적인 대화를 할 수 없었지만 나는 민간인이었던지라 장교들과 농담도 서로 주고받곤 했다.

장교들은 위안소 여자들 중에서 예쁜 여자라도 발견할 때면 내게

"오늘 저녁 비밀로 해서 저 여자 나 좀 만나게 해 주라."

며 부탁도 했다.

장교들은 게이샤들을 만나기 위해 시내로 나가지 않고 그 대신에 위안소 여자들을 남몰래 만났다.

나는 장교들이 위안소 여자를 만나고 싶어 한다는 말을 전해 주고 얼마씩 돈을 받았다.

그런데 말만 전해 준 것이 아니라 나도 장교들과 어울려서 유흥에 젖어들었다.

오쿠라 조합과는 별도로 매일 몇십 원씩 돈이 생겼지만 월급까지 몽땅 유흥비로 다 써 버렸다.

한번 유흥에 빠지니 마약에 빠진 것처럼 빠져나올 수가 없었다.

혼자가 아니라 여러 장교들하고 어울려서 유흥을 즐겼으니 쉽게 빠져나올 수 없었던 것 같다.

주위 사람들은 순진한 내가 유흥에 빠져서 벌었던 돈을 다 써 버린다고 안타까운 말들을 했지만 따끔한 충고들이 내게는 귀찮은 잔소리로밖에 들리지 않았다.

그런데 일본의 전쟁 상황이 점점 안 좋아진다는 느낌을 받았다. 그러한 상황 속에서 군대 막사 400채 건설이 빠르게 진행되어 쇼와 20년, 1945년 봄에 군대 막사 건설이 완성되었다.

9. 8·15 해방

도쿄 만 산속에서 군대 막사를 짓고 있던 쇼와 20년, 1945년 3월에 도쿄 지역에 대규모 공습이 있었다.

우리가 일을 하고 있던 지역에서 북서쪽으로 도쿄가 있는데 그곳에서 연일 폭발음이 들렸고 불꽃이 하늘로 피어올랐다.

나중에 안 사실이지만 도쿄의 중앙구에는 일본의 군함을 만들고 수리하던 조선소와 함께 군수기지가 밀집해 있던 곳인데 조선으로부터 징용당한 많은 사람들이 그곳에서 희생을 당했다고 한다.

1945년 3월 10일 새벽에 B-29 폭격기 344대로 이루어진 미군의 대대적인 도쿄 대공습은 히로시마나 나가사키에 떨어진 원자폭탄 못지않게 커다란 파괴를 가져왔다고 한다.

폭탄은 일반 폭발성 폭탄이 아니라 가솔린과 글리세린 등을 혼합해 만든 폭탄으로서 엄청난 열을 뿜으며 불을 지르는 소이탄 성격이었다고 한다.

미군은 도쿄 집들의 대부분이 목조건물이라는 점에 착안하여 소이

탄을 떨어뜨렸는데 소이탄의 불길은 건물뿐만 아니라 사람까지 순식간에 태워 버렸던 것이다.

더군다나 일본 도쿄 지역에는 3월 10일 전후로 남동풍이 부는데 이러한 기후 조건을 이용하여 떨어뜨린 소이탄의 공습은 일본에게 어마어마하게 커다란 피해를 안겨 주었다.

도쿄 만에서 군대막사를 짓고 있다가 폭격기가 나타나면 산속의 방공호 속으로 피신하다가 다시 나와서 일을 시작하곤 했다.

함께 일하던 장교들의 모습에서 일본의 전세가 심상치 않음을 발견할 수 있었다.

그러한 장교들의 얼굴을 볼 때마다 일본이 망할 날이 얼마 남지 않았음을 어느 정도 느낄 수 있었다.

도쿄 만에서 군대 막사 짓는 일을 어느 정도 마무리하고 내 숙소에서 하는 일 없이 쉬고 있을 때에 8·15 해방을 맞이했다.

1945년 8월 15일 정오에 일본 천황이 미국, 영국, 중화민국, 소련의 '포츠담 선언(1945. 7. 26)'을 수락한다는 내용의 연설을 라디오를 통해 방송했었다고 하는데 나는 직접 듣지는 못했다.

숙소를 나와 거리를 걸어 다녀 보니 일본 사람들의 기세가 역력히 꺾여 있었다.

일본인들도 도쿄 공습으로 인한 폐허를 보면서 어느 정도 전쟁에서 패망할 것이라는 것을 짐작은 했겠지만 막상 천황의 육성을 통해 일본이 항복한다는 내용을 듣고서는 땅이 꺼지도록 한탄했다.

어렸을 적부터 일본 순사를 보며 자라 왔고 징용을 피해 일본 각지를 떠돌며 생활했던 나는 해방이 왔다고 하니 실감이 나지 않았다.

특히나 조선에서 있었더라면 해방의 기쁨을 만끽할 수 있었겠지만 일본에서는 해방이라기보다는 일본 패망을 직접적으로 보게 되었고 겉으로까지 좋아라 할 수는 없었다.

전쟁 중에 해외에 나가 있던 일본인들이 일본 패망 후에 본국으로 귀국하는 바람에 인구가 갑자기 10% 증가했다고 한다.

인구는 증가했는데 산업시설이 폭격으로 파괴되어 종전 후의 일본 경제는 완전히 폐허가 되고 말았다.

일본이 패망하고 8월 16일부터 1주일 동안 나는 감기 몸살을 앓았다.

감기 몸살로 심한 고통 속에서 고민을 했다. 조선으로 돌아갈 것인가 아니면 일본에 남아야 하는 것일까에 대해 이런저런 생각을 하다가 일본에 남아서 내 꿈을 펼쳐 보기로 했다.

해방이 되었다고 하여 고향에 돌아가 보아도 무슨 뾰족한 수가 없으니 일본에서 일하며 돈을 벌어야겠다고 마음을 굳게 먹었다.

해방이 되어서 모두들 기뻐하실 고향에 계시는 부모님과 여러 대소가 어른들 그리고 친지들의 얼굴 모습이 떠올랐다.

10. 마사코와의 풋사랑

도쿄 만 산속에서 군대 막사 건축 일을 할 때 내 숙소를 가려면 에단주 주택회사가 지은 동네를 지나가야만 했다.

그 동네에는 일본 군대의 높은 사람들이 많이 살고 있었는데 노구치 마사오라는 부장도 거기에 살고 있었다.

그는 군인은 아니었지만 군대 관련 일을 하던 일종의 군속이었다.

노구치는 아버지, 어머니, 부인, 여동생, 아들, 딸 둘 이렇게 8식구가 함께 살고 있었다.

노구치 부장의 아버지와 어머니는 두 분 모두 60살 정도이셨다.

그의 집은 길가 집이라서 밖에서 집 안의 정원이 훤히 들여다보였다.

집이 꽤 넓어서 자그마한 연못도 하나 있었고 연못 주위로는 여러 가지 꽃나무들이 심어져 있었다.

집의 담 쪽으로는 키가 큰 나무와 작은 나무들이 가지런히 자라고 있어서 집 안 풍경이 아늑하게 보였다.

노구치 어머니는 우리 일행들이 그 집 앞을 지날 때면 손짓으로 우리를 부르고는 오차 마시러 들어오라고 하셨다.

머리카락이 하얗게 셌지만 건강하고 평안해 보였다.

우리 일행더러 오차 마시러 들어오라고 말씀하셨던 것은 아마도 심심하시기도 했었겠지만 또한 심성이 고우셔서 그리하셨던 것 같다.

노구치 부장 바로 뒷집에는 해군사령관 중장 관사가 있었다.

해군사령관은 전쟁이 끝나자 해군 본부로 떠나 버려 사령관 관사가 비게 되었다.

전쟁이 끝난 직후에는 그 동네 여러 집이 비어 있었다.

노구치 부장이 나더러 해군사령관 관사에서 살아도 된다 하기에 그곳으로 이사해서 혼자 그 넓은 집에서 살게 되었다.

해군사령관 관사는 그야말로 저택이었다.

2층집이었는데 파란 잔디로 펼쳐진 정원에는 여러 가지 꽃들이 심어져 있었고 갖가지 나무들이 자라고 있었다.

정원 한가운데에는 자그마한 풀장이 있었다.

정원의 연못에는 커다란 잉어들이 헤엄치며 다니고 있었고 연못 한가운데로 다리가 놓여 있었다.

집 안에는 목욕탕이 두 개 있었다.

일본 사람들은 목욕하기를 좋아했다.

물을 데워서 더운물을 탕 안에 붓고 그 속에서 목욕을 즐겼다.

노구치 어머니는 내가 살고 있던 사령관 관사에 자주 오셨다.

그분은 집에 오셔서 목욕탕과 집 안 청소를 해 주셨다.

노구치 부장에게는 마사코라는 젊은 여동생이 있었다.

그녀는 아담한 키에 꽤 예쁜 얼굴이었다.

그리 많이 대화를 한 적은 없었지만 얼굴에는 늘 미소를 띠었고 일본 여자 특유의 상냥함도 갖추고 있었다.

마사코는 해군에서 경리 업무를 맡고 있었다.

쇼와 20년, 1945년 겨울에는 일본이 참으로 추웠다.

나는 그해 겨울 어느 날에 노구치 부장 집에서 저녁 식사를 함께하고서 호리고타쯔에 둘러앉아 이런저런 이야기를 나누었다.

일본은 우리나라와는 달리 온돌이 없어서 방바닥이 차갑다.

온돌 대신에 방이나 거실 한가운데에 커다란 화롯불을 놓아 그 불로 추위로부터 몸을 따뜻하게 했다.

그런데 호리고타쯔는 탁자 밑에 전기난로가 있고 탁자 위에 이불을 덮어 놓은 것이다.

탁자 밑에 전기 니크롬선이 있으니 전기를 꽂으면 따뜻한 열기가 나오고 그 열기를 이불로 덮어서 보온을 유지하여 사람들이 호리고타쯔 주위에 앉아서 손을 이불 속에 넣고 도란도란 이야기할 수 있도록 만들어졌다.

호리고타쯔는 일본 전통방식의 전기 화로인 것이다.

일본에서 겨울을 보낼 때면 우리나라의 따스한 아랫목이 생각난다.

군불을 때서 방을 뜨겁게 덥혀 놓은 다음에 아랫목에 발을 넣으면 아무리 추운 겨울 날씨라고 해도 잠이 스르르 오기 마련이다.

우리나라의 그러한 온돌방이 그리울 때면 일본의 겨울 날씨가 유난히 춥게 느껴지곤 했다.

노구치 부장 집에서 저녁을 먹고 고타쯔 옆에서 이런저런 이야기를 나누고 있던 때에 마사코는 호리고타쯔 옆에서 바느질을 하고 있었다.

바느질하고 있던 마사코가 호리고타쯔 이불 밑으로 양손을 넣었다.

그때 내 손이 마사코 손에 닿았다.

잠시 닿았던 마사코 손은 참으로 부드러웠다.

젊은 여자의 손이 닿는 순간 이성적 감정을 느꼈다.

손을 뻗쳐 마사코 두 손을 살짝 잡았다.

마사코는 내 손을 뿌리치지 않고 손을 잡아 주었다.

다른 사람들하고 이야기를 나누면서 마사코와 나는 손을 서로 잡아 주며 풋사랑을 키웠다.

그날 밤에 노구치 여동생인 마사코와 하룻밤을 보냈다.

그 일이 있고 나서 내 생활을 반성하기 시작했다.

군대 막사 짓는 일을 하면서 벌었던 돈을 해군 위안소에서 유흥비로 다 써 버렸고 이번에는 마사코와 대책 없는 사랑을 나누었으니 지나온 날들이 후회가 되었다.

조선에서 이미 결혼하여 부인을 두고 있는 내가 돈 벌려고 일본에서 혼자 사는데 저축은 하지 않고 번 돈을 다 써 버렸으니 내 미래가 걱정이 되었다.

더군다나 결혼한 내가 일본 처녀와 사랑을 한다는 것은 말도 안 되는 일이었기에 조선의 부인께 참으로 죄스런 마음이 들었다.

요코하마에 살고 있는 오촌한테 다녀온다며 살림도 챙기지 않은 채 혼자서 요코하마로 나와 버렸다.

5년이 지난 어느 날에 마사코와 사랑을 나누었던 그 동네를 찾아가 보았더니 노구치 어머니가 내 손을 붙잡고 눈물을 흘렸다.

마사코는 나와 하룻밤을 보내고서 딸을 낳고 병으로 죽었다고 한다.

내 딸은 그때 5살이었다.

마사코는 죽고 없는데 엄마 없이 혼자서 철없이 놀고 있는 내 딸 미치코를 보니 참으로 가슴이 아팠다.

내 딸 미치코는 내가 맡을 입장도 못 되어 미치코의 외삼촌인 노구치에게 맡겼다.

아버지가 돼서 내 딸을 키우지 못한 점에 대해 지금도 마음 아프고 죄스럽다.

미치코는 외삼촌 밑에서 자라서 고등학교를 졸업하고 노무라 증권에 취직했다고 한다.

몇 년이 지난 후에 내가 시가 현 모리야마에 살고 있을 때에 미치코 외삼촌인 노구치 부장이 나를 찾아온 적이 있었다.

그러나 그 당시 나는 이미 가족이 있었기에 노구치 부장은 내게 아무 말도 하지 못하고 그냥 돌아간 적이 있었다.

그 후 성인이 된 미치코는 결혼해서 신혼여행 다녀올 때에 내가 살던 시가 현 모리야마에 들렀었다.

아버지로서 아무런 돌봄도 없었는데 외삼촌 밑에서 잘 자라서 결혼하고 아버지라고 나를 찾아온 미치코를 보고서 아무 말도 하지 못했다.

자기를 낳아 준 아버지께 인사드리는 것은 당연하지 않느냐며 밝게 웃는 모습에 나도 함께 웃었지만 마음 한구석에는 딸에게 미안한 마음으로 가득 찼었다.

마사코와의 하룻밤 사랑으로 태어난 미치코는 이제 60살이 넘었다.

엊그제 어린아이였던 내 딸 미치코는 어느덧 노인이 되어 가고 있으니 세월은 그야말로 빠르고 허무하게 흘러만 간다.

11. 시계 장사로 돈을 벎

일본이 태평양 전쟁에서 패배한 직후에 일본의 수도인 도쿄는 연합군의 대규모 공습으로 거의 폐허상태가 되었다.

도쿄 시내에는 폭격으로 인해 목조 건물들이 불에 타 쓰러져 있었고 다리는 무너졌으며 다리 밑에서 거적을 두르고 잠을 자는 거지들이 많았다.

종전 후 1주일 동안 감기 몸살로 고생하다가 간신히 자리에서 일어났는데 노구치 아버지가 내게 시계 장사를 권유했다.

전쟁이 끝나고 일본에서는 군대에서 사용하던 물건들이 민간인 시장에 팔리기 시작했다.

군대에서 사용했던 물건들을 민간인들이 사용하는 것이 자원 활용 측면에서도 이득이었겠지만 종전 후의 어수선한 틈을 타서 돈을 벌기 위한 장사수단으로 활용된 측면도 있었다.

노구치 아버지도 군인들을 많이 알고 지내서 군대에서 나온 물건들을 얻을 수 있었기에 자기 아들과 내가 함께 시계 장사하기를 바랐었다.

노구치 아버지는 군대의 어디에서 구했는지 시계를 한 가마 가지고 와서 어디 한번 팔아 보라고 말했다.

노구치와 함께 요코하마로 건너갔다.

시계 2개를 들고 요코하마 시장 동향을 파악해 볼 요량으로 집을 나섰다.

요코하마의 시장에 갔더니 검게 타 버린 건물들 사이에서 거지들이 우글거렸고 배고파서 우는 아이들의 모습도 여기저기 눈에 띄었다.

그 모습을 보면서 전쟁의 참혹함을 새삼 느끼게 되었다.

시장에는 군대에서 흘러나온 물건들이 많이 팔리고 있었다.

우리는 시장 거리 한가운데에서 시계 2개를 들고서 연신 시계를 쳐다보고 있었다.

도쿄의 아키아바라로 출발하는 저녁 6시의 막차 전차를 놓치지 않기 위해 시계를 보고 있었는데 어깨 너머로 우리 시계를 보고 있던 사람이 있었다.

그 사람은 우리들에게

"저에게 시계를 팔 수 없습니까?"

라고 물어 왔다.

그 사람에게 얼마면 사겠느냐고 물었더니 그는 시계 한 개에 4,000원이면 사겠다고 대답했다.

속으로 깜짝 놀랐다.

그 당시에 고급 월급쟁이가 받는 월급이 겨우 200원을 못 넘는데 시계 한 개에 4,000원을 주겠다니 설마 하는 생각이 들었다.

우리는 그 사람에게 시계 2개를 팔아서 8,000원을 벌고서 집으로 돌아왔다.

나와 노구치는 도쿄 시내 여기저기를 다니며 시계를 팔았다.

도쿄거리를 다니다 보면 불에 타 버린 건물들이 많았고 컴컴한 다리 밑에서 거적을 깔고 생활하는 사람들도 많았다.

종전 이후에는 세상이 너무 어수선하여 여자들이 함부로 길거리를 걸어 다니지 못했다.

미군들이 점령한 후에 여자들을 곧잘 덮치기 때문이었다.

남자들이 봐도 무섭게 보이는 미군들이 있었다.

그 이전에는 외국 사람들을 볼 기회가 없었는데 종전 이후 도쿄 시내에는 미군들이 곧잘 눈에 띄곤 했다.

미군들은 일단 키가 크고 몸집 또한 동양 사람들하고 비교도 안 될 정도로 컸기 때문에 보는 것만으로도 위압감이 느껴졌다.

노구치의 아내도 미군들이 무서워 집 안에서만 있었다.

나와 노구치는 시계를 팔아서 돈을 벌었기에 며칠 쉴 요량으로 그의 고향인 도야마 현에 갔다.

그의 고향은 도야마 현의 바닷가였는데 모래사장의 모래들이 참으로 고왔다.

노구치 부모님과 노구치 아내와 함께 갔었다.

우리들은 자전거를 타고 바닷가에서 푸른 파도를 바라보며 그동안의 피로감을 말끔히 떨쳐 보내 버렸다.

도야마 바닷가를 거닐며 여름에 해수욕하러 다시 오면 좋겠다는 말을 했다.

도야마 현에서 며칠 쉬다가 우리들은 요코하마로 올라왔다.

앞으로 무슨 장사를 해야 좋을지에 대해 이런저런 생각을 하며 요코하마에 도착했다.

12. 쇠 깎는 기계 장사로 큰돈을 벎

시계 장사 이후에 무슨 장사를 할까 고민을 많이 했다.

요코하마와 요코스카 사이에 있는 산들은 높이가 나지막했고 전쟁 때 파 놓은 산속 땅굴 안에는 전쟁 때 쓰던 선반 기계가 많았다.

징용으로 끌려와서 일했던 조선 사람들이 전쟁이 끝나자 자기네들이 일했던 공장에 가서 선반 기계의 모터들을 떼어서 시장에 내다 팔기도 했다.

그 당시에는 이런저런 브로커들이 많았다.

군수 물건들을 함부로 팔지 못하기 때문에 물건을 제공하는 사람과 사는 사람들 사이에 브로커들이 있었다.

브로커들은 여기저기 돌아다니며 물건 살 사람들을 찾아 나섰다.

매일 시장거리에 나가서 무슨 물건들이 나오고 어떤 물건들이 잘 팔리는지 알아보았다.

그러던 어느 날 시장에 많이 나와 있던 모터들의 숫자가 많이 줄어들었음을 알 수 있었다.

군수 공장에서 꺼내어 팔았던 모터가 바닥이 나서 더 이상 시장에 내놓을 모터가 없었기 때문이었다.

시장거리에 나가던 어느 날 브로커 한 사람이 내게 쇠 깎는 기계를 한 트럭 가지고 있는데 그 기계를 사서 팔 생각이 없냐고 물었다.

값을 물어보니 기계 하나에 70전이라고 대답했다.

한 트럭 분량의 기계 값을 환산해 보니 어마어마하게 큰돈이었다.

그 시절에는 미군들이 전쟁터에서 쓰던 물건들을 못 팔게 관리하고 있었다.

요코하마와 도쿄 사이에 큰 강이 하나 있었는데 그 강을 건너는 다리 양쪽에는 미군들이 보초를 서고 있었다.

시장에 물건을 조금씩 내어서 파는 사람들은 있어도 트럭으로 물건을 떼어서 장사하는 사람은 없었다.

그만큼 위험이 따랐기 때문에 선뜻 하려는 사람이 없었다.

그런데 쇠 깎는 기계를 한 트럭 구입한다고 해도 내가 아는 판로가 없었기에 그냥 생각만 할 수밖에 없었다.

쇠 깎는 기계의 판로를 생각하다가 오카모토 마사오라는 사람이 기억에 떠올려졌다.

어릴 때부터 내 오촌 당숙모가 키워 준 오카모토 마사오는 도쿄에 살고 있었다.

오카모토는 예전에 금광으로 돈을 조금 모았다고 했다.

그 당시 오카모토는 시부야에 살면서 빵 효모제를 팔고 생활했었다.

요즘에는 시부야에 도큐 백화점과 세이브 백화점 등을 비롯한 대형 점포들이 늘어서 있는 번화가이지만 그 당시에는 도쿄 외곽의 한산한 거리였다.

오카모토는 비록 키가 작았지만 성격이 활발했고 마음이 트인 사람처럼 느껴졌다.

나는 시부야로 가서 오카모토를 만나서 이런저런 이야기를 나누었다.

오카모토는 내게 빵 효모제를 팔러 도쿄로 가려는데 같이 가자고 제안했다.

시부야에서 도쿄로 가는 길에 나는 오카모토에게 말을 꺼냈다.

요코하마에서 물건들이 많이 나오는데 판로를 찾아 줄 수 있느냐고 물어보았다.

그는 무엇이든지 도쿄로 가지고 나오면 모두 팔아 준다는 말을 했다.

그 말을 듣고 물건을 떼러 요코하마로 건너갔다.

요코하마에서 쇠 깎는 기계를 트럭에 가득 싣고 미군들이 보초 서고 있는 다리를 향해 달렸다.

비가 억수같이 쏟아졌다.

트럭의 앞 유리 밑으로 흘러내리는 빗물을 브러시가 감당하지 못할 정도로 소낙비가 주룩주룩 내렸다.

트럭 안에서 밖을 내다보니 다리 위에서 미군들이 보초를 서고 있었다.

미군 보초들은 우리 트럭을 세우는 척하다가 그냥 통과시켜 주었다.

억수같이 쏟아지는 소낙비 속에서 그들도 보초 서기가 여간 힘들지 않았을 것이다.

다리 입구의 보초들에게 내가 걸렸다면 나는 죽음을 면치 못했을 것이다.

그야말로 죽을 각오로 쇠 깎는 기계 장사를 했던 것이다.

그 한 번의 장사로 60만 원을 벌었다.

지금 돈으로 환산하면 60억 원에 해당하는 큰돈이었다.

내게 은행계좌가 없어서 오촌 당숙의 은행계좌에 그 돈을 넣어 두었다.

13. 번 돈을 다 날림

쇠 깎는 기계를 팔아서 번 돈 60만 원을 오촌 당숙의 은행계좌에 저축하였다.

큰돈을 벌었기에 이제는 돈 관리를 잘해야겠다는 마음이 들었다.

1945년 한 해도 얼마 남지 않은 12월 어느 날에 교토에 사시던 종국 삼촌이 내가 살던 요코하마로 놀러 오셨다.

종국 삼촌은 내게 그다음 해에 일본에서 화폐개혁이 있다는 말을 해 주었다.

전쟁이 끝나고 일본의 경제는 곤두박질쳤다.

산업시설이 파손되어 생산이 제대로 이루어지지 않았기에 물가가 하늘 높은 줄 모르고 치솟았다.

이러한 국가 경제의 어려움을 타개하기 위해 일본은 1946년 2월에 화폐개혁을 하기로 되어 있었다.

종국 삼촌에게 내 돈에 대해 상의했다.

어떻게 하면 내 돈을 그 당시의 가치로 유지시킬 수 있느냐에 대해 물었더니 종국 삼촌은 물건을 사 놓으면 된다고 대답해 주었다.

그래서 무슨 물건을 사 놓는 것이 좋을 것 같으냐고 물었더니 옷감을 사 놓으면 어떻겠냐며 자기 옷감을 사 놓으라는 것이다.

종국이 삼촌은 그 이전에 오사카에서 양복점을 했었는데 그 당시에 교토로 이사 와서 살고 있었다.

종국이 삼촌 말대로 하기로 작정했다.

내가 번 돈 60만 원으로 종국이 삼촌으로부터 비단을 사서 종국이 삼촌 집의 2층 방에 넣어 두었다.

2층 방은 10죠 크기였는데 그 방 안이 내 비단으로 가득했다.

비단을 사서 종국이 삼촌 집에 넣어 두고서 도쿄로 올라왔다.

일본의 겨울은 습도가 많아서 체감온도가 상당히 낮았다.

기차를 타고 도쿄로 올라오는데 차가운 바람이 매섭게 내 온몸을 파고들었다.

그래도 비단을 사서 방에다 넣어 놓고 오는 발걸음은 그다지 춥지 않게 느껴졌다.

큰돈을 벌었기에 아무리 추운 날씨라고 해도 마음은 따스하고 든든했다.

이 돈을 가지고 고향으로 돌아가면 부자로 살 수 있겠다 싶었다.

조선으로 돌아가고 싶은 마음이 있으면서도 다른 한쪽으로는 일본에서 보다 큰돈을 벌고도 싶었다.

도쿄로 올라오고서 몇 달 후에 비단을 처분할 목적으로 교토로 내려갔다.

교토에 내려와서 종국이 삼촌의 2층 방으로 올라가 보니 비단이 하나도 안 보였다.

종국이 삼촌을 찾으니 비단의 절반을 팔아서 생긴 돈 30만 원을 다 써 버리고 자살해서 죽어 버렸다는 것이다.

나머지 비단은 고베에 사는 종국이 삼촌의 처남이 가져갔다는 이야기를 들었다.

나중에 알고 보니 종국이 삼촌과 삼촌의 처남 둘이서 서로 짜고 비단을 빼돌렸던 것이다.

종국이 삼촌은 30만 원을 갚을 방도가 없으니 자살했던 것이다.

내 돈 60만 원이 없어졌으니 청천벽력이 따로 없었다.

그 돈을 밑천으로 커다란 사업을 벌이려 했었는데 어떻게 하루아침에 그 큰돈이 사라져 버릴 수가 있단 말인가?

더군다나 믿는 친척한테 비단을 맡겼는데 그리 당하고 보니 화가 이만저만 나는 것이 아니었다.

고베에 산다는 종국이 삼촌의 처남을 찾아다니며 몇 번이고 돈을 갚으라 했으나 그는 돈이 없다는 말만 되풀이했다.

그 집에 가서 화를 버럭 냈다.

돈을 안 갚으면 가만두지 않겠다며 으름장도 놓았다.

그랬더니 그 사람의 할머니가 나와서 나이든 사람이 있는데 어떻게 버릇이 없냐며 오히려 내 팔을 붙잡고 야단을 쳤다.

붙든 할머니 팔을 내가 뿌리쳤는데 그 바람에 할머니가 그만 넘어졌다.

할머니는 내게 맞았다며 자기네 일가들을 모두 불러들였기에 나는 하는 수 없이 그냥 교토로 돌아왔다.

며칠 후에 그 집에서 2만 원을 가지고 나를 찾아왔다.

내가 번 돈 60만 원이 졸지에 2만 원이 되어 버린 것이다.

한숨이 저절로 나왔지만 어찌할 수가 없었다.

14. 아키다에서 오징어 장사

쇠 깎는 기계를 팔아서 번 돈 60만 원으로 비단 장사를 하려다가 큰 실패를 봤다.

투자한 돈 60만 원 중에서 간신히 2만 원을 건져서 아키다로 올라갔다.

내가 아키다 현으로 올라간 것은 전에 일하던 곳에서 식당을 운영하던 스즈키라는 사람을 만나고 싶어서였다.

스즈키는 그 당시 60세 정도 되었는데 키가 작달막했고 몸집이 운동선수처럼 튼튼했었다.

목소리가 걸걸하여 말할 때에도 마치 유도선수와 대화를 하는 듯한 느낌이 들었다.

스즈키는 아키다 현에서 식당을 운영하고 있었다.

큰 식당은 아니었지만 서민들이 자주 찾을 수 있는 저렴한 식당이었다.

스즈키는 나에게 두 명을 소개시켜 주었다.

스즈키로부터 소개받아서 알게 된 두 명과 나를 포함하여 셋이서 아키다 온천으로 놀러 갔다.

일본은 온천으로 유명한데 일본에 살면서도 온천에 가 본 적이 없었다.

처음으로 가 본 온천의 경치는 그야말로 산수화의 그림 한 폭 같았다.

온천 뒤로는 나지막한 산들로 둘러싸여 있었고 온천의 앞으로는 맑은 시냇물이 흐르고 있었다.

노천탕에 들어앉아 하늘을 보고 있으니 파란 하늘에 뭉게구름이 두둥실 떠 있었다.

온천물 위로 피어오르는 하얀 김을 바라보니 그동안의 일본생활에서 찌들고 힘들었던 모든 일들이 하늘 위로 사라지는 듯한 홀가분함을 느꼈다.

온천여행에서 돌아와 6죠 크기의 방을 하나 구했다.

방 하나에 남자 셋이서 함께 생활했다.

아무 일도 하지 않고 셋이서 한 달 동안 생활해도 생활비가 100원도 안 들었다.

그 당시 수중에는 만 원이 넘게 남아 있었다.

아키다에서 무슨 장사를 할까 고민하던 중에 오징어 장사가 떠올려졌다.

아키다 항에서는 오징어를 잡아서 소금에 넣어 한 통에 100원씩 팔고 있었다.

아키다 오징어를 도쿄로 가져가면 1,000원 정도 받을 수 있을 것이라는 생각이 들었다.

장사한 경험은 없었지만 아키다 오징어는 도쿄에서 잘 팔릴 것 같았다.

수중에 있던 돈 전부로 오징어를 샀다.

그런데 오징어를 어떻게 도쿄로 운송하느냐가 문제가 되었다.

오징어를 사서 기차 편으로 도쿄에 부친 후에 오징어 짐보다 먼저 도쿄에 도착하여 그 짐을 받으면 되겠다고 생각했다.

그런데 그 당시에 식량이나 다른 생필품 수송 일이 많아서 일본정부에서는 일반 개인물품은 부칠 수 없도록 제한을 했었다.

오징어는 이미 사서 창고에 저장해 놓았는데 당장 부칠 수 없게 되니 낭패였다.

일본에서 생활하고 있었지만 일본에는 어느 도시가 어디에 있고 얼마나 도시들이 큰지를 잘 몰랐었다.

일본 전국 철도 지도를 하나 구입했다.

인구가 꽤 많을 것 같은 도시만을 골라서 하루에 5통씩 부쳤다.

우리 셋은 일본 지역을 셋으로 나누어서 오징어 장사를 하기로 했다.

나는 도쿄지역을 맡았다.

오징어를 도쿄로 부친 후에 도쿄행 기차를 타려 했으나 좌석이 없었다.

기차 좌석이 없으니 이 자리 저 자리로 옮기면서 도쿄로 내려갔다.

그 당시 기차는 연료로 석탄을 땠었는데 석탄이 모자라서 멈춰 선 때도 있었다.

검은 연기를 뿜으며 "꽤액" 하고 기적 소리를 울릴 때면 경주 고향의 기차가 생각나기도 했다.

결혼식 올리고 하루 만에 일본으로 떠나오기 위해 불국사역에서 가족들과 손을 흔들며 헤어졌던 장면들이 아련히 떠올려졌다.

돈 많이 벌어서 조선에서 나를 기다리고 있는 부인께로 돌아가야 겠다는 마음을 가지며 도쿄로 내려가서 기차 편으로 부친 오징어를 찾았다.

기차역에서 찾은 오징어를 리어카로 날라서 도쿄의 우에노 시장에 내다 팔았다.

그런데 도쿄 사람들은 아키다 사람들과 다르게 오징어를 먹는다는 것을 잘 몰랐다.

도쿄 사람들은 소금에 잰 오징어를 싫어해서 내 오징어를 보면서도 사지 않고 그냥 지나쳐 버렸다.

어떻게 하면 도쿄 사람들 입맛에 맞는 오징어로 바꿀 수 있을까 생각하다가 소금에 절인 오징어를 물로 씻어서 뜨거운 물로 살짝 데치기로 했다.

통 속의 오징어를 전부 꺼내서 소금기를 물로 제거하고 삶는 일이 만만한 일은 아니었다.

만약 그렇게 했는데도 오징어를 못 판다고 하면 그야말로 땡전 한 푼 없는 거지신세가 된다고 하니 은근히 겁도 나 있었다.

우에노 시장으로 가는 길에는 거지들도 눈에 많이 띄었다.

일본이 패망한 후에 일본경제가 파괴되어서 수많은 사람들이 일자리를 잃고 거리에 나앉게 되었던 것이다.

우에노 계단에서 사람들이 쓰러져 잠을 자고 있었다.

그 사람들을 쳐다보면서 오징어를 팔러 시장으로 갈 때에 자칫하면 나도 저렇게 되지나 않나 하는 두려움도 가졌다.

도쿄 사람들은 내가 가공한 오징어가 맛있다고 했다.

아키다에서 100원으로 산 오징어는 도쿄에서 1,000원이나 1,200원으로 팔 수 있었다.

소금으로 절인 아키다 오징어를 도쿄에서 그대로 썩힐 뻔했었는데 몇 배 장사를 할 수 있어서 다행이었다.

도쿄에서 오징어 장사로 몇만 원을 벌었다.

도쿄에서 오징어를 팔아서 번 돈을 가지고 아키다로 올라왔다.

아키다로 올라오는 발길이 너무나도 가벼웠다.

주머니 속에 돈이 두둑하게 있으니 밥을 안 먹어도 배가 고프지 않을 정도였다.

15. 아오모리에서 오징어 장사

도쿄에서 오징어 장사로 몇만 원을 벌어서 아키다로 올라왔더니 스즈키 할아버지와 할머니는 내가 장사를 잘한다며 주위 사람들에게 자랑을 하고 다니셨다.

아키다에서 오징어를 떼어서 다른 곳으로 장사를 떠났던 나머지 두 사람은 나만큼 돈을 많이 벌지는 못했다.

스즈키 할아버지가 퍼트린 소문을 듣고 그분의 친척들이 몰려와서 나와 함께 장사를 하자고 제안을 했다.

10만 원을 투자할 터이니 함께 장사를 하자고 덤벼들었다.

그 사람들 중에서 세 명을 골랐다.

오징어를 사서 도쿄로 부치려 했으나 기차 화물칸이 모자라서 결국 부치지 못했다.

도쿄로는 못 부쳤지만 다른 도시로 보내려고 오징어를 사 모았다.

도쿄뿐만 아니라 다른 도시에도 오징어 부치기가 여간 힘든 것이 아니었다.

우리들은 일본의 주요 대도시에 오징어를 부친 후에 기차 편으로 내려가서 오징어 짐이 내려오기를 기다렸으나 감감무소식이었다.

주머니에 돈도 있고 하여 오징어 짐을 기다리는 동안에 그 지방에서 유명한 온천을 돌아다니며 관광을 즐겼다.

일본에는 한국과 달리 온천이 어느 지방에 가도 유명했다.

온천이 많은 점은 좋지만 지진이 많은 것이 일본 사람들에게는 안심하지 못하는 부분이다. 온천하고 지진이 무슨 관계가 있는지는 모르지만 화산 지대에 온천이 많은 점으로 보아 전혀 관계가 없는 것은 아닐 것 같다.

그해 설을 나고야에서 보냈다.

설을 쇠고 나서도 오징어는 나고야에 도착하지 않았다.

설이 지나고 한참 후에야 오징어 짐이 나고야 역에 도착했는데 짐을 받고 보니 오징어 통이 전부 깨져 있었다.

화물을 운송할 때에 아무렇게나 집어 던져서 그리되었던 것이다.

연말이라 짐이 많아서 그리했겠지만 통이 깨진 오징어는 제값을 받고 팔기 어려웠다.

그래도 우리 셋이서 오징어를 팔아서 번 돈과 우리들이 그곳에서 써 버린 돈이 엇비슷하여 손해를 본 것은 아니었다.

아키다에 돌아와서 우리 셋은 헤어져서 각자 장사하기로 했다.

그들과 헤어진 후에 어디로 갈까 생각하다가 아키다 현 바로 위에 있는 아오모리로 올라가기로 했다.

아오모리는 일본 본토의 최북단에 위치해 있다.

쓰가루 해협을 두고 홋카이도와 마주하고 있다.

아오모리 현에는 오오마라고 하는 섬이 있다.

홋카이도 바로 밑에 위치해 있는데 섬 한 바퀴가 몇백 리 되는 꽤 큰 섬이다.

오징어를 사기 위해 그 섬으로 들어갔다.

겨울에는 눈이 어찌나 많이 내리는지 사람들이 집 밖으로 나오지를 못할 정도였다.

눈이 많이 내릴 때에는 버스가 없어지기에 말 달구지를 타고 섬 주위를 돌아다녔다.

오오마 섬에서 오징어를 사서 아는 사람의 창고에 넣어 두었다.

창고에 넣어 둔 오징어를 도쿄로 부치려 했는데 부칠 화물칸이 없었다.

오오마 섬에서 산 오징어를 창고 안에 그냥 두다가 따뜻한 봄이라도 되면 오징어는 금방 상할 것이기에 하루하루 지나는 시간이 정말로 아까웠다.

내가 묶고 있던 여관집 주인아주머니께 이런 이야기를 했더니 자기 조카가 시보다 역의 책임자로 근무하고 있다면서 오징어를 부칠 때에 7관씩 묶어서 선물이라고 해서 보내면 도쿄까지 보낼 수 있다는 말을 해 주었다.

오징어 창고에 들어가서 밤새도록 오징어를 7관씩 묶었다.

도쿄와 다른 도시들로 오징어를 부쳤다.

오징어 장사로 40만 원을 벌게 되었다.

그해 겨울과 초봄까지 오징어 장사를 하다가 5월이 되니 오징어가 나오지 않았다.

오징어 철이 지난 후에 할 일을 찾지 못했다.

그해 여름 동안은 아무 일 없이 그냥 쉬기만 했었다.

16. 홋카이도에서 헌옷 장사

아오모리에서 오징어 장사로 돈을 벌고서 여름 내내 쉬고 있었다.

아오모리는 여름에도 오사카나 도쿄처럼 그다지 무덥지는 않았다.

일본 특유의 고온 다습한 온도가 아니었기에 한여름 날씨에도 불쾌지수가 높지 않았다.

나는 아오모리 항구에 나가서 어떤 수산물들이 잘 팔리고 있는지 조사를 하곤 했다.

아오모리 시도 전쟁 때에 공습을 받아 건물 곳곳이 불에 타 부서지고 쓰러져 있었다.

아오모리 항구에는 홋카이도의 하코다테로 가는 연락선이 있었고 화물선들과 함께 고기잡이배들도 항구의 일부분을 차지하고 있었다.

그해 8월 말이 되자 아오모리 항구에는 하얀 멸치들이 많이 보였다.

멸치를 보는 순간 멸치를 도쿄에 가서 내다 팔면 돈을 많이 벌 수 있을 것이라는 생각이 들었다.

아오모리 항구에서 트럭 두 대분의 멸치를 샀다.

기차 편으로 도쿄에 멸치를 부치려 했으나 실패했다.

비록 마른 멸치라고는 하지만 물건을 팔지 않고 오래 놓아 둘 수는 없는 일이었다.

도쿄로 멸치를 부칠 수 없게 되었기에 이번에는 교토로 멸치를 부쳐서 교토 역에서 멸치를 찾았다.

교토 역에서 찾은 멸치를 리어카에 실어서 교토 시장으로 가져갔다.

교토 날씨는 9월 초였는데도 무척 더웠다.

가만히 앉아 있어도 땀이 비 오듯 하는 날씨 속에서 리어카를 끄니 어찌나 덥던지 숨이 턱턱 막힐 지경이었다.

교토 시장에 가서 멸치 상자를 열어 보았는데 상자 속에서 김이 모락모락 피어올랐다.

아래 지역으로 내려오면서 무더운 날씨에 멸치가 거의 다 썩어 버린 것이다.

썩은 멸치를 보고 있자니 한숨이 절로 나왔다.

무슨 방도가 없을까 고민하다가 교토에 살고 있던 종국이 삼촌의 처남과 상의하기로 했다.

종국이 삼촌은 전에 내가 장사하려고 맡겨 두었던 비단 30만 원어치를 팔아먹고 돈 갚을 길이 없게 되자 그만 자살해 버렸었다.

종국이 삼촌의 처남이 고베에 살았을 적에 돈 문제로 인해 나와 커다란 싸움을 했었지만 그 후 화해를 하였기에 그다지 나쁜 감정은 서로 없었다.

종국이 삼촌의 처남은 교토에서 헌옷장사를 하고 있었다.

그는 겨울이 점점 다가오고 있는데 여름옷만 잔뜩 사서 팔지를 못하니 밑천이 떨어져서 장사를 못 할 지경에 있었다.

그 사람하고 물건을 서로 바꾸기로 했다.

비록 멸치가 썩긴 했어도 그 당시에는 양식이 없던 때인지라 썩은 멸치를 사는 사람도 있었다.

헌옷을 가지고 홋카이도로 올라갔다.

트럭에 옷을 싣고 홋카이도 시장에 가서 옷을 팔아 보니 아무도 옷을 사지 않았다.

헌옷이다 보니 사람들은 내가 어디서 훔쳐 와서 파는 줄로 오해하고 있는 듯했다.

그 당시에는 새 옷 생산이 그다지 여의치 않은 시절인지라 헌옷장사도 괜찮을 것이라고 생각했다.

그러나 막상 홋카이도 시장에서 헌옷을 팔려 하니 좀처럼 팔리지 않아서 일단 장사를 접기로 했다.

홋카이도에는 권 씨라는 사람이 살고 있었다.

전부터 알고 지내던 사람이라서 내 헌옷들을 권 씨에게 맡겨 두고 홋카이도 여기저기를 돌아다녀 보기로 했다.

홋카이도는 11월인데도 눈이 오기 시작했다.

일본의 여러 지역을 다녀 봤었지만 홋카이도 겨울바람처럼 매서운 바람은 없었던 것 같다.

어찌나 춥던지 두 발이 얼어서 걷기조차 힘들었다.

버스를 타거나 걸어서 홋카이도 여기저기를 돌아다녀 보다가 권 씨 집으로 되돌아와서 헌옷장사를 했다.

간신히 헌옷을 팔아서 손해는 안 났지만 추운 날씨 속에서 두 발이 탱탱 얼 정도로 고생한 기억이 아직도 생생하게 떠오른다.

17. 소주 제조

홋카이도에 머물면서 헌옷장사를 해서 간신히 손해를 면했던 시절에 권 씨 집에 자주 놀러 갔다.

권 씨 집은 기와지붕의 자그마한 단독주택이었는데 현관문 옆에 소나무가 참 멋있었다.

집을 둘러싼 담벼락이 낮아서 밖에서도 집 안을 훤히 들여다볼 수 있게 되어 있었다.

집 안에는 커다란 개가 한 마리 있었는데 내가 들어갈 때면 어찌나 크게 짖어대던지 흠칫 놀랄 때가 많았다.

어느 날 권 씨 집에 놀러갔을 때에 권 씨 친구가 한 명 와 있었다.

그 사람하고 이런저런 이야기를 하던 중에 소주장사 이야기가 나왔다.

그 사람은 나에게 소주장사 하면 어떻겠냐고 물었다.

26살이었던 나는 술 마시는 것을 좋아하지도 않았고 더군다나 소주를 만드는 방법도 전혀 모르는데 어떻게 소주제조업을 시작할 수 있겠느냐며 반문했다.

종전 후인지라 돈이 있다고 해도 쌀을 마음대로 살 수가 없었다.

아마도 쌀로 술을 빚어 마실까 봐서 일본 정부가 미리부터 단속했었던 것 같다.

먹을 쌀이 부족한 실정에서 쌀로 술을 만들어 마신다는 것은 세계 어느 나라 정부에서도 금기하는 사항일 것이다.

권 씨 친구 말은 이러했다.

쌀 한 말을 야미로 사는 데 천 원이 든단다.

그 쌀 한 말을 소주로 만들면 한 말 세 되가 되는데 이 소주를 팔면 6,500원 된다고 했다.

그러니까 1,000원으로 쌀을 사서 소주를 만들어 팔면 6배 장사가 된다는 것이었다.

그 말을 듣고 나는 그 사람과 함께 소주장사를 하기로 결정했다.

소주를 만들기 위해 커다란 술통 두 개를 구했다.

그리고 쌀 20가마를 야미로 샀다.

그는 자기 처갓집이 산골짜기에 있는데 그곳에서 술을 만들자고 했다.

집 앞에는 자그마한 교회가 있었고 집 뒤로는 시냇물이 졸졸 흐르고 있었다.

시냇물을 손으로 떠서 물맛을 보니 맑고 시원했다.

그 물로 소주를 만들기로 했다.

소주를 만드는 데에 무엇보다도 보안이 중요했다.

그곳은 깊은 산골짜기인지라 경찰이 조사하러 올 것 같지 않았다.

야미로 술을 만들어야 하기 때문에 경찰을 피해야 하는 것은 당연했다.

산골짜기 물 내려오는 시냇가 옆에 소주 공장을 만들었다.

그 사람의 처갓집 식구는 모두 20명 정도 되었다.

그들은 그때까지 쌀 구경을 제대로 하지 못했다.

종전 후인지라 먹을 것이 턱없이 모자라던 시절에 흰쌀밥을 먹기란 여간 힘든 일이 아니었다.

소주 만들 쌀을 그 사람들이 양식으로 조금씩 먹기 시작했다.

그 집에 살던 쥐들도 쌀을 파먹기 시작했다.

소주를 늦게 만들었다가는 소주 만들기 전에 사람들과 쥐들한테 모두 빼앗기겠다는 걱정이 들었다.

안 되겠다 싶어 소주 만들기 작업에 착수했다.

소주를 만들기 위해서는 우선 쌀을 쪄서 밥을 만들어야 한다.

하루 종일 쌀을 쪄도 한 가마밖에는 못 쪘다.

나는 술 만드는 법을 몰랐었고 그 사람이 소주를 잘 만들 수 있다고 하여 그곳에 간 것이었다.

그 사람은 쌀을 쪄서 술통에 넣고 1주일 후면 술이 된다고 장담했다.

술이 될 때까지 특별히 할 일도 없고 하여 30리 길을 걸어서 시내에서 1주일 동안 놀았다.

홋카이도는 역시 추운 지방인지라 지나다니는 사람들의 옷차림도 도쿄나 오사카와는 사뭇 달랐다.

털모자에 털 귀마개를 착용하는 사람들이 많았다.

홋카이도에서도 제대로 먹지 못하는 사람들이 많이 보였다.

도시 거리를 걸어 다니는 사람들로부터 밝게 웃는 모습을 찾아보기 힘들었다.

1주일을 시내에서 보내고서 산골짜기의 소주공장으로 올라가서 술통을 확인해 보니 아직 술이 안 되고 있었다.

왜 술이 아직 안 되고 있느냐고 물었더니 산속이라서 날씨가 쌀쌀해 술이 만들어지는 데 시간이 걸린다고 말했다.

처음 술 제조에서 실패를 보고 두 번째로 술을 만들려고 했으나 술은 안 만들어지고 모두 썩어 버렸다.

발효가 되어야 술이 되는 것인데 부패가 되어 버린 것이다.

그 사람 말만 믿고서 깊은 산골짜기까지 들어왔는데 술을 못 만들다니 낭패가 이만저만이 아니었다.

술 제조 사업에 돈을 투자했는데 고스란히 손해만 볼 것 같았다.

비록 늦었지만 본격적으로 술 제조에 관한 공부를 시작해야만 했다.

내가 머물던 산골짜기로부터 가까운 곳에 조선 사람들이 술장사하는 곳이 있었다.

그 동네에 가서 어느 조선 사람에게 술 만드는 법에 대해 공부를 했다.

그 장수에게서 술 두 되를 사서 산골짜기로 올라와서는 밥에다 그 술을 섞으니 얼마 안 되어 발효가 되었다.

발효된 술을 증류시켜 소주를 만들었다.

처음에는 50도 소주가 나왔다.

소주는 만들어서 돈을 계산해 보니 2만 5천원이 되었다.

35만 원을 소주 만드는 사업에 투자했는데 겨우 2만 5천 원만 회수되었던 것이다.

그때 나하고 함께 소주를 만들었던 조선 사람은 부인에다가 아이가 둘 있었다.

그 식구들은 돈이 없으면 당장 굶어 죽게 생겼다.

비록 소주 제조로 돈을 거의 다 잃었긴 해도 2만 5천 원을 내가 다 가질 수가 없었다.

나는 혼자이기에 마음이 가볍지만 그 사람은 한 푼이라도 아쉬운 상태였었다.

그래서 소주 제조로 투자한 35만 원 중에서 간신히 건진 2만 5천 원의 반을 그 조선 사람에게 떼어 주었다.

그리고 소주 제조에 투자한 전체 35만 원 중에서 기본시설비와 연장 값을 뺀 나머지 금액의 반을 내게 갚으라고 말했다.

그 조선 사람하고 나는 일종의 동업 형태로 소주 제조 사업에 투자했다가 커다란 실패를 보았다.

그 이후에는 소주는 그 조선 사람과 함께 만들어도 판매는 따로따로 하기로 했다.

소주를 만들어서 열심히 장사했다.

쌀을 씻어서 밥을 지은 다음에 발효를 시켜서 불을 때어 소주를 만들었다.

만든 소주를 리어카에 싣고서 시내의 이곳저곳을 돌아다니며 팔았다.

그런데 그 조선 사람은 소주 팔아서 번 돈을 다 써 버렸다.

시내에 나가서 유흥비로 흥청망청 다 써 버렸으니 가족의 생활은 빈곤해져만 갔다.

그 조선 사람을 만날 때면 제발 가족을 생각해서 돈을 아껴 쓰라고 말을 해 보았지만 소용이 없었다.

나하고 말할 때에는 그리하겠다고 대답은 잘도 했었는데 한번 빠진 유흥에서 빠져나오기가 쉽지 않았던 것 같다.

일본 땅에서 가족과 함께 생활해 나가기 위해서는 그야말로 입에서 단내가 나도록 열심히 일을 해야 하건만 그 조선 사람은 의지력이 부족했다.

그 조선 사람이 그때에 열심히 노력했더라면 살림살이에 많은 도움이 되었을 터인데 하는 아쉬움이 남았다.

18. 정종 제조

맨 처음에 소주를 만들었을 때에는 50도 소주였으나 그 다음부터는 35도 소주를 만들기 시작했다.

35도 소주에 뜨거운 물을 타서 18도 소주로 만들어 양을 늘렸다.

그 당시에는 정종이 귀하니만치 소주를 사다가 이런저런 것을 섞어서 정종을 만들곤 했었다.

정종을 만드는 사람들은 처음부터 술을 만드는 것이 아니라 소주를 사서 정종으로 바꾸었던 것이다.

내가 소주를 만드는 곳에서 가까운 곳에 이노가와라고 불리는 유명한 온천이 있었다.

온천이 크고 유명해서 그 온천 지역 내에 있는 요리 집 수가 50이 조금 넘었다.

하루는 그 요리 집을 상대로 정종을 팔려는 사람들이 내게로 와서 사업 이야기를 했다.

그 당시에 나는 소주로 정종 만드는 방법을 몰랐었다.

그 사람들은 내가 만든 소주로 정종을 만든 뒤에 정종 병을 구해서 상표까지 붙였다.

정종의 상표만 보면 일급 주처럼 보였다.

그 사람들은 이렇게 만든 정종을 한 병에 700원씩 팔았다.

그런데 내게는 소주 값만 주었다.

물론 그 사람들은 내게서 소주를 사서 자기네들이 정종을 만들어 팔았기에 내게는 소주 값을 주는 것이 당연하겠지만 내가 소주를 팔아서 이득을 남기는 것보다 배 이상으로 이득을 남기고서 정종을 팔고 있었기에 나는 부러움과 함께 은근히 약이 올라 있었다.

정종을 만드는 법을 전혀 알지 못했지만 소주에 무엇인가를 타서 정종을 만든다는 사실은 알았었다.

쌀을 쪄서 밥을 만들어 발효를 시켜서 소주를 만들어 파는 것보다는 내가 만든 소주를 정종으로 바꾸어서 파는 편이 낫겠다는 생각에 이르자 소주로 정종 만드는 법을 배우려고 노력했다.

그런데 그 사람들 사이에 오고 가는 이야기를 듣던 중에 구연산이 모자란다는 말을 들은 적이 있었다.

처음에는 구연산이 들어간다는 사실을 알게 되었는데 얼마 있다가는 구악산과 카세다이 등의 재료를 섞는 방법을 알아냈다.

정종 만드는 법을 알고 있으면서도 그 사람들한테는 모르는 척했다.

교토에서 홋카이도로 장사하러 오는 사람들이 있었다.

나는 그 사람들에게 물어서 정종 만들 때에 들어가는 재료들을 어떻게 구입하는지를 알아내었다.

그 사람들 말로는 오사카에 가면 얼마든지 그 재료들을 구할 수 있다는 것이다.

홋카이도에서 출발하여 아오모리를 거쳐 기차를 타고 오사카로 향했다.

홋카이도의 하코다테 항에서 연락선을 타고 아오모리에 도착해서 기차를 타고 오사카에 도달했다.

그 당시 오사카의 길거리에는 여전히 거지들이 눈에 많이 띄었다.

폭격으로 불타 버린 건물들 중에서 여전히 복구되지 못한 건물들도 많았다.

홋카이도에서 만난 교토 사람들로부터 주워들은 정종 재료 가게를 찾아가 재료를 구입해서 홋카이도로 올라와서 소주로 정종을 만들기 시작했다.

소주로 정종을 만들고부터는 이노가와 온천 지역의 정종 시장을 내가 장악했다.

내가 만든 소주로 내가 정종을 만드니 상품 경쟁력이 강화되어 다른 사람들은 나하고 상대가 되지 못하게 되었다.

소주 사업은 나날이 번창하여 돈을 많이 벌게 되었다.

커다란 술통을 사서 소주를 만들다가 썩어서 버렸던 일들이 생각나기도 했었다.

나는 소주와 정종을 만들어 팔아서 큰돈을 모을 수 있게 되었다.

19. 큰아들 상일이 엄마

소주를 만들어서 정종으로 파는 장사가 잘되어 돈을 잘 벌었다.

돈을 잘 번다는 소문이 퍼지자 내 주위에 사람들이 많이 붙었다.

다른 나라 사람들도 보통은 그러하겠지만 일본 사람들은 특히나 실력 있는 사람에게 고개를 숙이는 경향이 있다.

고개를 숙이는 것도 그들의 겉모습이겠지만 아무튼 실력자 앞에서 얌전해진다는 것은 사실이다.

일본 사람들을 이기기 위해서는 일단 실력을 쌓아야 한다고 생각해 왔다.

종전 후라고는 하지만 얼마 전까지만 해도 한국이 일본으로부터 식민지 지배를 받았던지라 일본 사람들이 조선인들에 대한 차별감이 없어진 것은 아니었다.

그런데 내가 돈을 잘 벌어서인지 조선인인 줄 알면서도 주변의 일본인들이 나에게 곧잘 친절하게 대해 주었다.

그들이 아무리 내게 잘 대해 준다고 해도 그것은 어디까지나 그 시점에서의 내 상황이 좋게 전개되고 있기 때문인 것이라는 것을 잘 알고 있었다.

돈을 많이 벌어서 고국으로 되돌아가겠다는 생각도 있었지만 일본 사람들에게 지고 싶지 않은 마음으로도 부자가 되고 싶었다.

이러한 마음은 단지 일본 사람들에 대해서만은 아니었다.

부유한 가정에서 태어났어도 어렸을 적부터 따뜻한 사랑을 듬뿍 받지 못하였다는 서운한 마음에 남들로부터 인정받고 싶었던 것이다.

어느 사람이 홋카이도 북쪽에서 전복을 사서 팔면 돈을 많이 벌 수 있을 것이라는 말을 해 주었다.

그 당시에 나는 돈도 많이 가지고 있고 하여 홋카이도 위쪽으로 올라가서 전복을 잔뜩 사서 삿포로 시장에 내다 팔았다.

그런데 생각보다 전복장사가 만만치 않았다.

오징어 장사로는 돈을 많이 번 적이 있었지만 전복장사로는 성공하지 못했다.

오징어 장사는 싼 값으로 사서 도쿄 시장에다가 비싸게 팔았기에 이득을 많이 볼 수 있었지만 전복은 홋카이도 북쪽 항구에서 사서 같은 홋카이도의 도시에다가 팔았기에 가격의 차이로 인한 이득을 많이 볼 수 없었다.

비록 전복장사로 실패를 봤긴 했어도 주변 사람들이 내게 자주 하는 말이 혼자서 장사를 하면 신용이 없으니 아내가 있어야 한다는 것이었다.

내가 만든 술을 사서 장사를 하는 아주머니 한 분은 자기 딸이 도쿄에서 살고 있는데 한번 만나 보라는 얘기를 했다.

또 다른 분은 삿포로에서 옷가게를 운영하고 있는 자기 딸과 결혼하기를 바라기도 했다.

그런데 나는 조선에서 이미 결혼한 상태였다.

결혼식을 올리고 그다음 날에 일본으로 건너왔었지만 엄연히 내게는 아내가 있었다.

쇼와 22년, 1947년에 나는 27살이었다.

일본에서 혼자 살기가 불편하기도 했다.

모든 일을 혼자 해 나가야 하기에 심적으로도 외로움을 많이 탔었다.

밥해 먹는 것이나 빨래거리 등도 내게는 골칫거리들 중의 하나였다.

돈을 벌려고 여기저기 돌아다니다가 집에 와서 혼자 살림까지 하기에는 너무 힘이 들었다.

그때에 큰아들 상일이 엄마를 만나게 되었다.

그녀는 나와 같은 재일교포였다.

동변상련이라고나 할까?

일본 여자보다는 한국 여자에게 어딘가 정이 느껴졌고 내 속마음도 마음대로 터놓을 수 있을 것만 같았다.

상일이 엄마와 함께 살면서 내 생활에 안정을 찾을 수 있었다.

혼자 있을 적에는 기다려 주는 사람이 없었기에 귀가 시간이 늦을 수밖에 없었는데 상일이 엄마하고 같이 살면서부터는 일을 마치자마자 집에 들어가곤 했다.

전복장사로 실패한 후에 시내를 나가 보니 정종 한 병에 1,400원에 팔리고 있었다.

전에 700원짜리가 1,400원이 된 것이었다.

술장사가 이문이 많을 것 같아서 다시 술을 만들어서 팔기 시작했다.

술을 만들어서 카바레에 납품을 했다.

거래처를 확보하기 위해 하루 종일 이곳저곳을 뛰어다녔다.

잠시 술장사를 접고서 다시 시작하니 거래처 확보가 쉽지 않았다.

이럴 줄 알았으면 계속 술장사를 하는 것인데 하는 아쉬운 생각이 들었다.

전복장사는 동네 어느 사람이 옆에서 자꾸 좋은 말만 늘어놓았기에 시작했던 사업이었다.

전복장사를 시작할 때만 해도 전복장사가 술장사보다는 미래 전망이 밝다고 판단했었다.

돈을 버는 일이야 같다고는 하지만 술장사보다는 전복장사가 남들로부터의 인식도 좋았기 때문에 전복장사로 바꾸었던 것이다.

다시 술장사를 시작했으나 술장사로 재미를 못 보았다.

혼자도 아니고 상일이 엄마와 함께 살고 있었는데 장사가 잘 안 되니 어딘가 조급한 마음도 생기기 시작했다.

그러던 중에 도쿄에 살던 외사촌 형이 찾아왔다.

외사촌 형은 배를 한 척 사라고 권유했다.

부산에서는 생고무를 10만 원이면 얼마든지 살 수 있는데 오사카에서는 300만 원에 팔리고 있다고 했다.

배를 사서 생고무를 부산에서 사다가 오사카에 내다 팔자는 것이었다.

배 한 척 값이 몇백만 원 했다.

배 값은 비쌌지만 내가 배를 사면 외사촌 형은 생고무 살 밑천을 댄다고 했으니 이참에 편하고 돈도 많이 벌 수 있는 장사로 바꿔야겠다는 생각을 했다.

큰돈 주고 배 한 척을 샀다.

수중에 있는 돈을 전부 털어서 일종의 모험을 한 것이었다.

외사촌 형은 밑천 돈을 구해서 돌아온다는 말을 남기고 도쿄로 내려갔다.

외사촌 형이 돌아올 때까지 구입한 배를 하코다테 항구에 정박시켜 놓았다.

정박시켜 놓은 배도 매일 청소를 해 줘야만 했다.

배의 엔진 부분은 기름을 칠해 주었고 갑판 위도 바닷물로 깨끗이 청소를 해 주었다.

하코다테 항구에 배를 정박시켜 놓고 외사촌 형을 기다려도 그는 돌아오지 않았다.

배는 샀는데 그 배로 아무 일도 하지 않고 청소만 하고 있었으니 속이 타 들어가기 시작했다.

남의 말에 귀가 솔깃하는 내 자신이 미웠다.

외사촌 형의 말만 믿고서 큰돈 주고 배를 덜컥 사서 썩히고 있었으니 하루하루가 그야말로 답답하기 한량없었다.

나쁜 일들은 겹쳐서 온다고 재수가 없으려니 어느 날 도둑이 집에 들어와서 돈 될 만한 물건들을 죄다 가져가 버렸다.

낮에 잠시 집을 비운 사이에 좀도둑이 든 것이었다.

큰돈 주고 배를 샀는데 돈벌이가 없으니 살림살이가 줄어들기만 했다.

상일이 엄마와도 부부싸움이 잦았다.

자기와 아무런 상의도 없이 남의 말만 믿고 배를 덜컥 사서 돈벌이도 못한다면서 잔소리를 해댔다.

그러다가 상일이 엄마는 6달 된 상일이를 두고 집을 나가 버렸다.

　정식으로 결혼식을 올리고 살았던 것은 아니지만 아이까지 낳고 부부로 살아왔었는데 어느 날 갑자기 집을 나가 버린 상일이 엄마가 야속하기만 했다.

　혼자 생활하기도 벅찬데 이제는 어린아이까지 딸려 있으니 경제활동 하기가 여간 어려운 것이 아니었다.

　엄마 없는 상일이를 보고 있노라니 아버지로서 미안한 마음이 들기도 했고 아이 두고 집 떠난 아이 엄마가 서운하고 미워지기도 했다.

20. 배를 사서 빚만 짐

부산으로 건너가 생고무를 떼다가 오사카에 내다 팔려고 배를 샀는데 그만 큰 손해를 보고 말았다.

도쿄에 사는 외사촌 형 말만 믿고 배를 사서는 아무 장사도 하지 못한 채 하코다테 항구에 마냥 정박시켜 놓기만 했다.

6달 된 상일이를 남겨 두고 집을 나간 상일이 엄마의 빈자리가 너무 컸다.

나는 어린아이를 돌봐야만 했다.

우유를 타서 젖을 먹이고 울면 안거나 업어서 달래야만 했다.

잠을 자다가 아이가 울 때에는 나도 같이 깨서 젖먹이 상일이 울음을 달래 주어야 했다.

젖먹이 상일이로 인해 내 생활이 없어져 버릴 정도였다.

당장 밖에 나가서 돈을 벌어야 하는데 아이 맡길 곳이 없었다.

그러던 중에 하코다테에서 세관원 사람의 딸이 도쿄에서 게이샤 배우로 있었는데 그 딸이 상일이를 보살펴 주겠다고 나섰다.

무척이나 고마웠다.

사실 그 게이샤는 상일이 엄마를 만나기 전에 나와 결혼하고 싶어 했던 여자였다.

일본의 게이샤는 손님을 상대로 단순한 술 접대만을 하지 않고 전통예능가로서 소리나 춤을 통하여 손님들에게 즐거움을 주었다.

세관원의 딸인 게이샤는 인물이 참 고왔다.

외모가 미인인데다가 마음씨도 참 고왔지만 일본 여자라는 점이 마음에 걸려서 결혼을 안 했었던 것이다.

그녀 대신에 상일이 엄마를 만나 아이까지 낳았는데 정작 상일이 엄마는 집을 나가 버렸으니 그녀 보기가 창피스러웠다.

그런데 그녀가 자기 아이도 아닌 상일이를 맡아 주겠다고 하니 그녀에게 참 미안도 하고 너무나도 감사한 마음이 들었다.

나는 6달 된 상일이를 그녀에게 맡기고서 돈을 벌러 나갔다.

내 배를 타고 오징어잡이를 시작했으나 실패했다.

오징어 잡은 경험도 없이 망망대해에서 오징어를 잡는다는 것은 내게 너무나도 무리였던 것 같다.

어느 날엔가는 하코다테 항구에 정박해 둔 배가 비바람이 몰아치는 거센 파도에 휩쓸려 바닷물 속으로 갈아앉아 버려서 돈을 주고 건져 올린 적이 있었다.

술장사로 크게 돈을 벌었는데 배 한 척 사서 여기저기 까먹는 바람에 170만 원을 빚지게 되었다.

고무신이 다 떨어져서 물이 새도 고무신 살 돈이 없었다.

돈이 있을 때에는 내 주위에 사람들도 많이 붙더니만 돈이 없어지니 어디를 가도 나 혼자뿐이었다.

나를 반겨 주는 곳은 아무데도 없었다.

한마디로 오고 갈 데가 없어져 버린 것이다.

가와사키 오촌 당숙을 만나러 기차를 탔다.

가와사키는 도쿄와 요코하마 사이에 있는 다마 강 연변을 따라 길게 뻗어있는 공업도시였다.

그곳에서 며칠 묵으면서 그동안 지나왔던 이야기를 늘어놓았다.

오촌 당숙은 3만 원이 예금되어 있는 자기 통장을 내게 보이며 그 돈으로 나더러 장사를 시작하라고 권유했다.

오촌 당숙에게 나중에 돈이 필요하면 이야기하겠다고 말하고서 함께 생고무 장사를 하자고 했던 외사촌 형을 만나러 도쿄로 향했다.

그 당시 외사촌 형은 미군들에게 통역을 해 주며 돈을 벌었다.

언제 영어를 배웠는지 모르겠지만 영어를 곧잘 했던 것 같다.

나더러 배를 사서 생고무 장사를 같이 해 보자고 해 놓고서 감감무소식이었으니 아무리 친척이라지만 사촌 형에 대해 무척 화가 나 있었다.

그렇지만 어쩌랴?

외사촌 형의 말을 믿고 배를 구입한 내가 잘못인 것을 말이다.

배를 사서 손해 본 것을 빨리 잊고 새로운 일거리를 찾기로 마음을 고쳐먹었다.

21. ABC 게임 사업 시도

배 한 척 사서 생고무 장사를 해 보려다가 빈털터리가 되어 버렸고 상일이 엄마가 집을 나가 버리는 바람에 내 생활이 그야말로 최악이었다.

홋카이도에서 내려와 요코하마 오촌 당숙을 찾아갔다.

그 당시 오촌 당숙은 옷가게를 하고 있었다.

시내에서 조금 떨어진 시장에서 자그마한 옷가게를 운영하고 있었는데 오촌 당숙 말로는 큰돈은 못 벌어도 그럭저럭 생활은 된다고 했다.

요코하마는 전쟁 폭격으로 인해 파괴된 건물들을 복구시켜 어느 정도 도시가 정비되고 있었다.

지저분한 거리가 깨끗하게 정리 정돈되었으나 여전히 거지들은 여기저기 눈에 많이 띄었다.

요코하마에는 내가 아는 친구들이 몇 있었는데 그 친구들을 4년 만에 만났었다.

그 친구로부터 ABC 게임이 있다는 것을 알게 되었다.

ABC 게임은 2미터 정도 앞에서 15개의 고무공을 굴리는 게임이었다.

흰 공, 빨간 공, 파란 공의 고무공을 굴려서 2미터 앞의 구멍에 누가 많이 넣느냐로 승자가 결정되는 게임이었다.

모든 게임들이 다 그러하지만 ABC 게임도 단순한 게임에서부터 시작하여 노름으로까지 커질 수 있는 게임이었다.

그 친구들과 함께 ABC 게임을 해 보니 생각보다 재미가 있었다.

그 시절에는 이렇다 할 재미나는 게임이 없었던지라 일반 사람들도 ABC 게임을 좋아라 했다.

그 친구들은 ABC 게임 사업을 한번 해 보면 어떻겠냐고 내게 물었다.

요코하마에서 게임 가게를 얻을 수 있느냐고 물어 왔다.

배 사업으로 실패한 바로 직후인지라 나는 돈이 전혀 없었다.

투자할 돈은커녕 빚을 많이 지고 있던 상태였다.

돈이 없다고 하여 그냥 놀고만 있을 수는 없었다.

ABC 게임 사업을 하기 위해 돈을 꾸러 다녀 보기로 했다.

요코스카 오촌 당숙을 찾아가 얘기를 해 보았으나 허사였다.

요코하마로 돌아와서 어느 전차 역 근처에 가게를 일단 구했다.

가게 위치가 너무 좋아 탐이 나서 계약부터 한 것이었다.

가와사키 오촌 당숙이나 혹은 도쿄의 외사촌 형한테 돈을 꾸면 내가 계약한 가게를 충분히 얻을 수 있다고 생각했다.

그런데 막상 그분들을 직접 찾아가 돈을 좀 꿔 달라고 해 봤지만 꿔 줄 돈이 없다고 했다.

가와사키 오촌 당숙은 전에 내가 찾아갔을 적에는 통장구좌까지 보여 주면서 내게 돈을 꿔 줄 수 있다고 말했는데 상황이 어찌 바뀌었는지 정작 내가 필요로 해서 돈을 꾸어 달라 했으나 돈이 없다며 고개를 살래살래 저었다.

도쿄의 외사촌 형은 부산에 가서 생고무를 떼어 오사카에다 팔아서 돈을 벌어 보자며 나더러 배 한 척 사라고 그리도 말을 많이 했었는데 돈 좀 꾸어 달랬더니 나 몰라라 하는 식으로 나를 대했다.

참으로 서운했다.

그때까지 돈을 벌기도 많이 했고 까먹기도 많이 했었지만 돈이 중요하다는 것을 새삼 느꼈다.

돈을 벌려면 돈이 있어야 된다는 것을 전에도 알긴 했지만 내가 돈이 없고 보니 한 푼의 사업자금이 아쉬워졌다.

전차 역 근처에다가 얻어 놓은 가게는 결국 돈이 없어서 포기해야만 했다.

한국 광명에서 온 나카야마라는 사람에게 그 가게를 건네주었다.

ABC 게임 가게 위치로 너무 좋은데 나는 돈이 없어서 가게를 할 수 없으니 전부터 알고 지낸 나카야마에게 그 가게를 넘겨준 것이다.

나카야마가 운영한 ABC 게임 가게는 그야말로 대박이었다.

가게가 전차 역의 계단을 내려오면 바로 있었으니 유동인구도 많았고 무엇보다도 퇴근하기 전에 ABC 게임을 즐기는 사람들이 많아서 가게가 잘되었다.

나카야마는 그 가게에서 서너 달 만에 몇 백만 원을 벌었다.

나카야마가 몇 달 사이에 떼돈을 벌 수 있도록 내가 가게를 얻어 준 셈이 되었지만 그는 내게 아무런 대가도 주지 않았다.

물론 대가를 바란 것은 아니었지만 그래도 무척 서운했었다.

아마도 내가 어려웠던 시절이었던지라 서운한 마음이 더 컸었던 것 같다.

나카야마 동생은 그 형한테 돈을 지원받아서 토야마에서 철물점 장사를 했는데 6·25사변 때문에 철물 가격이 올라서 엄청 돈을 많이 벌었다고 한다.

토야마는 한국과 동해를 사이에 두고 바닷가에 인접해 있으니 한국전쟁 시에 철물을 한국으로 옮기기가 쉬웠을 것이다.

나카야마 동생은 그 후에 나를 만날 때면 자기네 형제들이 밥 먹고 사는 것은 내 덕택이라며 고맙다는 말을 자주 하곤 했다.

그러면서 나중에 내가 사업할 때에 언제든지 자기한테 돈을 빌리러 오면 빌려 주겠다는 말도 붙였다.

그러나 그에게 돈을 빌리지 않았다.

실제로 돈을 빌려 주기가 어디 쉬운 일인가?

돈이 있을 때에는 친한 사람에게 돈을 빌려 줄 수 있을 것 같아도 막상 상대방이 돈을 빌리려고 자기한테 오면 여러 가지가 걱정되어 쉽게 돈을 빌려 줄 수 없게 된다.

다른 사람은 ABC 게임으로 큰돈을 벌고 있을 동안에 나는 그냥 허송세월만 보내고 있었다.

어디로 가야 사업자금을 얻을 수 있으며 어디를 가서 무슨 사업을 해야 돈을 벌 수 있을까 매일매일 고민하며 힘겹게 살았었다.

22. ABC 게임으로 큰돈을 벎

새로운 사업으로 ABC 게임을 하려 하는데 사업자금이 전혀 없었다.

주변 사람들 말로는 한국의 교천에서 건너온 최창성이라는 사람이 나가사키에서 ABC 게임으로 돈을 많이 벌었다고들 했다.

나는 최창성 씨가 어느 정도로 사업이 잘되는가 궁금하기도 하여 나가사키로 내려가 보았다.

나가사키는 원자폭탄 폭격으로 인해 시내 거리가 어수선했다.

다른 도시에 비해 훨씬 폭격의 피해가 커 보였다.

파란 파도가 일렁이고 온 세계의 배들이 들락날락하던 나가사키 항구의 활기찬 모습은 온데간데없었다.

나가사키는 내가 한국에서 밀항선을 탔을 때마다 일본으로 도착한 지역이었다.

첫 번째 밀항에서는 나가사키 현의 사세보였었고 두 번째 밀항 기착지도 마찬가지로 사세보였다.

세 번째 밀항 때에는 나가사키의 고야키 섬에 갇혀서 꼼짝없이 노예와 같은 삶을 살 뻔했었다가 간신히 탈출하여 일본의 이곳저곳을 돌아다니며 돈을 벌어 왔었다.

나가사키 역에 내리니 거리의 모습은 예전과 다름이 없었지만 지나다니는 사람들의 모습에서 웃음이나 활기가 전혀 보이지 않았다.

태평양전쟁 당시의 모습은 온데간데없고 풀이 죽어 있었지만 일본 사람들의 속마음은 늘 감추고 사는 것이니 언젠가는 또 일어날 것이라는 생각이 들었다.

최창성 씨는 나가사키 번화가의 모퉁이에서 ABC 게임 가게를 운영하고 있었는데 하루에도 몇십만 원씩 번다고 했다.

그런데 한국의 같은 고향에서 온 정도환이라는 사람이 있는데 이 사람은 주먹으로 모든 것을 뺏으려 했었다.

일제 강점기 때에도 같은 조선 사람들을 상대로 폭력을 휘둘러서 금품을 갈취하는 조선 깡패들이 종종 있었다.

조선 사람으로서 힘을 가졌으면 일본 폭력배들로부터 조선 사람들을 보호 해 줘야 하건만 오히려 힘없는 조선 사람들을 상대로 폭력을 휘두르는 조선 깡패가 있었으니 한심하기 짝이 없는 노릇이었다.

정도환이라는 조선인 깡패가 자기 가게를 뺏을지도 모른다고 걱정하면서 최창성 씨가 내게 잠시 가게를 보아 달라는 것이었다.

최창성 씨가 개인적인 일로 도쿄 가는 사이에 내게 가게를 맡겼던 것이다.

내가 잠시 가게를 보고 있는 동안에도 최창성 씨의 ABC 가게는 정말로 잘되었다.

게임 요금을 받고 15개 고무공을 내주는 일이었는데 손님들이 많았던지라 하루하루를 바쁘게 보내고 있었다.

어느 날 도쿄에서 ABC게임으로 대박을 터트린 나카야마가 나가사키에 내려왔다.

최창성 씨 가게로 찾아온 나카야마는 나더러 왜 남의 가게만 보고 있느냐며 직접 가게를 해 볼 것을 권유했다.

나는 그에게 내가 직접 ABC 게임 가게를 하려고 해도 자금이 없어서 시작도 못 한다고 말했더니 자기가 사업자금을 대 줄 터이니 나가사키에 가게 자리를 찾아보라고 했다.

나가사키 역에서 가까운 시내에 가게를 구했다.

4명이 동업을 했는데 내 자금은 나카야마로부터 빌린 돈으로 충당했다.

ABC 게임 가게를 열고서 27일 만에 그만두게 되었다.

경찰이 우리 가게로 쳐들어와서는 도박이라며 영업정지를 시켜 버린 것이다.

다른 게임도 그러하듯이 ABC 게임도 어찌 보면 도박성이 없다고 말할 수는 없지만 운영이 잘되고 있던 가게를 그만두려니 가슴이 아팠다.

어찌나 장사가 잘되었는지 27일 영업하고서 일인당 170만 원씩 돈을 가를 수 있었다.

170만 원을 벌어서 홋카이도로 올라가기로 했다.

홋카이도로 올라가기 전에 규슈 벳푸에 가게를 하나 얻어 놓았다.

벳푸에서 ABC 게임 가게를 운영할 생각이었다.

홋카이도에 올라가니 상일이가 많이 커 있었다.

사업한다고 거의 1년 동안 집을 비웠는데 게이샤가 상일이를 잘 보살펴주어서 상일이는 튼튼하게 자라고 있었다.

그 당시에 상일이는 3살 정도 되었다.

생후 6개월에 엄마와 떨어져서 3살이 되어 있는 상일이를 보노라니 고맙기도 하고 한편으로는 아버지로서 안쓰럽기고 했다.

홋카이도에서 헌옷장사, 소주장사, 정종장사, 전복장사, 오징어잡이 등을 하면서 이런저런 정이 들었었는데 막상 그곳을 떠나려 하니 지나온 시간들이 주마등처럼 스쳐 지나갔다.

늘 그러했었지만 일하다가 다른 곳으로 이사할 때면 그곳에서 만났던 사람들과의 이별이 참으로 가슴 아픈 일이 되었다.

상일이를 맡아서 키워 준 게이샤에게 너무나 죄송스러웠고 마음속 깊이 감사하는 마음으로 가득하여 그분과의 헤어짐은 다른 사람들보다 훨씬 쓰라린 고통으로 다가왔었다.

상일이를 안고서 동네를 떠나올 때에 나도 모르게 눈물이 흘러내렸다.

상일이를 안으며, 걷게 하며 연락선을 타고, 기차를 타고 동북지방을 내려왔다.

동북지방은 산악지대가 많은지라 기차가 고개를 오를 때면 멈췄다가 다시 출발할 때도 많았다.

기차 속에서 하룻밤을 보내고서야 규슈에 도착할 수 있었다.

규슈에 도착하자마자 상일이를 데리고 온천으로 들어갔다.

기차여행으로 피곤한 몸을 온천물 속에 떨쳐 버리려 했다.

온천에서 상일이를 깨끗이 씻기고 뜨거운 온천물에 목욕을 하고 나니 몸이 한결 개운해졌다.

23. 벳푸에서 ABC 게임 사업

홋카이도에서 상일이를 데리고 팔촌 친척이 살고 있는 규슈 후쿠오카로 내려왔다.

쇠고기와 일본 전통과자를 들고 팔촌 친척집을 방문했을 때 나를 반갑게 맞이해 주었다.

일본 전통과자는 모양새가 오목조목하게 생겼고 색깔이 예뻤다.

주로 단맛을 많이 내기에 아이들이나 노인들이 좋아했다.

일본 전통과자는 과자 자체뿐만 아니라 포장도 예쁘게 장식되어 있었다.

상일이를 그 집에 맡겼다.

벳푸에서 ABC 가게를 하려면 상일이를 어딘가에 맡겨야만 했었다.

엄마 없이 상일이를 혼자 떼어 놓고 친척 집 대문을 나서는데 상일이가 자기도 데려가 달라며 마구 울기 시작했다.

상일이 울음소리를 뒤로하고 후쿠오카 역을 향해 걸었다.

상일이 모습이 어른거려 쉽게 발길이 떨어지지 않았다.

상일이를 남겨 두고 벳푸행 기차를 타고 갈 때에 상일이와 함께 있어 주지 못하는 미안한 마음에 가슴이 미어지는 아픔이 느껴졌다.

벳푸는 온천으로 유명한 도시이다.

일본 각지에서 관광객이 많이 오기에 벳푸에서 ABC 게임 장사를 하면 돈을 많이 벌 수 있을 것으로 생각했다.

벳푸에 도착하자마자 ABC 게임을 허락받으러 경찰서를 찾아 나섰다.

그런데 경찰서에서는 ABC 게임이 도박성이 강하다는 이유로 허가를 내주지 않았다.

가게는 이미 얻어 놓았는데 허가가 안 나면 돈만 날리는 것이 아닌가라는 생각에 이런저런 말로 경찰서로부터 허가를 받으려 무척 노력했다.

경찰서의 담당관에게 선물을 사 들고 가서 이야기도 해 보았다.

경찰 앞에서는 웃는 낯으로 이야기는 하지만 속으로는 얼마나 긴장되던지 입술이 바짝 마르기 시작했다.

일본 사람들이 법규를 잘 지키는 편이라는 것을 알고는 있었지만 내 가게를 허락해 주지 않음에는 화가 날 수밖에 없었다.

경찰서 담당관은 살을 바늘로 찔러도 피 한 방울 나올 것 같지 않을 것 같은 느낌이 들었다.

며칠 동안을 경찰서에 찾아가서 사정을 해 보아도 소용이 없었다.

벳푸에 가게 얻을 때에 들어갔던 돈과 경찰서에 허가받기 위해 사용했던 부대비용을 합쳐서 큰돈을 한 번에 날려 버렸다.

나가사키에서 ABC 게임으로 벌었던 돈으로 홋카이도에서 지은 빚은 갚았지만 벳푸에서 큰 손해를 보는 바람에 다시 무일푼이 되고 말았다.

불과 얼마 전만 해도 ABC 게임으로 큰돈을 벌었는데 다시 빈털터리가 되니 허망했다.

낚시로 큰 고기를 낚아서 집에 돌아오는 길에 그 고기를 놓쳐 버린 듯한 아쉬움과 함께 앞날이 걱정되었다.

어린 상일이를 보고 있으니 아버지로서 고민이 더욱 커져만 갔다.

상일이를 후쿠오카 팔촌 친척에게 맡긴 채로 사업자금을 꾸러 도쿄로 올라갔다.

도쿄로 올라가서 가와사키에 살고 있던 나카야마를 만나서 돈 이야기를 꺼냈더니 빌려 줄 돈이 없다고 했다.

그는 내게 파칭코를 동업하면 어떻겠냐는 건의를 해 왔다.

꾸어 줄 돈은 없으면서 파칭코를 동업하자고 하니 나를 무시하는 것 같아서 그에 대한 서운한 마음이 너무나도 컸었다.

나카야마는 내가 빌린 ABC 가게를 대신 운영해서 몇천만 원을 벌었는데도 돈이 없다니 믿어지지 않았다.

나중에 알고 보니 나카야마는 조강지처를 버리고 젊은 여자하고 같이 살았었다.

돈만 생기면 도쿄의 게이샤들을 찾아다니며 유흥비로 다 써 버렸다고 한다.

나카야마 동생은 착실하게 철물점을 운영해서 한국전쟁 당시에 엄청나게 많은 돈을 벌었다고 한다.

도쿄로 올라가서 이렇다 할 성과가 없었으니 맥이 풀려서 걷기도 힘이 들었다.

도쿄의 기다란 여름 해가 서서히 저물어 가고 있을 적에 도쿄역 근처에서 어묵을 먹고 있자니 긴 한숨이 절로 나왔다.

그런데 나카야마가 내게 한 말이 떠올려졌다.

파칭코 가게를 동업하자는 말을 기억하는 순간에 어찌 보면 ABC 게임보다는 파칭코가 더 전망이 있을 것이라는 생각이 들었다.

그 당시만 해도 파칭코 가게는 그리 많지가 않았다.

어차피 ABC 게임은 도박성이 강하다는 이유로 경찰서로부터 허가받기가 어려우니 차라리 파칭코 가게를 한번 해 봐야겠다는 생각이 들었다.

ABC 게임에서는 고무공 15개를 굴려서 2미터 앞에 있는 목표점에 넣는 경기이지만 파칭코는 기계 안의 금속 구슬을 쳐올려서 밑으로 내려오면서 장애물을 통과하여 구멍 안으로 들어가면 점수가 올라가는 경기이다.

파칭코 가게는 ABC 게임 가게보다 가게가 그다지 크지 않아도 운영이 가능할 것으로 생각되었다.

ABC 게임 가게든 혹은 파칭코 가게든 당장 가게 얻을 돈이 없으니 막막하기만 했다.

도쿄나 가와사키를 돌아다니며 돈을 꾸어 보았지만 누구 한 사람 내게 돈을 빌려 주지 않았다.

24. 히코네에서 파칭코 가게 운영

도쿄에서 기차를 타고 내려오다가 시가 현 히코네 역에서 내렸다.

히코네에는 나이가 60세 정도의 요시무라 할아버지가 계셨는데 교토에 잠시 머물렀을 적에 친하게 지낸 적이 있어서 그 할아버지에게 들러 보기로 했다.

히코네 역에 내려서 히코네 시내의 이곳저곳을 돌아다녀 보았다.

히코네에는 히코네 성이 있었는데 성 주변으로 푸른 잔디가 넓게 펼쳐져 있었다.

봄에는 하얀 벚꽃들이 만발하여 히코네 성과 함께 참으로 아름다운 경관을 이루었다.

히코네 성에서 내려다보이는 비와코 호수의 물은 마치 바다처럼 저 멀리 수평선이 가물가물하게 보였다.

요시무라 할아버지는 부동산 중개업을 하고 계셨다.

키가 작으셨지만 머리를 짧게 깎으셔서 오뚝이처럼 보이셨다.

목소리가 걸걸하셨고 정이 많으신 분이셨다.

히코네에 들러 요시무라 할아버지를 찾아뵈니 나를 반갑게 맞이하면서 걱정거리를 말씀하셨다.

요시무라 할아버지가

"이거 큰일 났다. 큰일 났어."

라고 말씀하시기에 왜 그러시냐고 물었더니 오사카 사람이 파칭코 가게를 계약하러 온다고 해 놓고서는 오지 않는다는 것이었다.

할아버지께 그 가게를 보여 달라고 말했더니 할아버지는

"네가 파칭코 가게에 대해서 뭐 아는 것이라도 있느냐?"

라고 물으셨다.

조금은 안다고 대답했다.

요시무라 할아버지와 함께 그 가게를 찾아가 보니 장소가 그리 썩 좋지는 않았다.

가게 바로 앞이 번화한 거리는 아니었다.

히코네 역에서 그다지 멀리 떨어져 있지는 않았지만 큰길가에서 조금 들어와야 하는 곳이었다.

할아버지께 내가 그 가게를 하겠으니 계약하자고 말했다.

내가 얻어 준 가게로 ABC 게임에서 돈을 많이 벌었던 나카야마에게 연락하여 자기 동생한테 40만 원을 빌려서 히코네로 내려오라고 했다.

연락을 받은 나카야마는 며칠 후에 40만 원을 들고 히코네로 내려왔는데 40만 원으로는 파칭코 운영자금이 턱없이 부족했다.

부족한 돈은 내가 아는 사람들한테 조금씩 빌려서 가게 운영자금을 댔었다.

파칭코 가게에서 나카야마는 회계를 보았다.

나는 파칭코 기계의 전반적인 운영을 맡아 일했다.

파칭코 기계를 십여 대 두고 장사를 했는데 생각보다 가게 운영이 잘되었다.

처음에는 우리 가게로 들어오는 손님이 그다지 많지 않았는데 입소문을 통해 들어오는 손님들로 단골이 늘어나기 시작하면서부터 돈을 빌려 줬던 나카야마 동생에게 은행이자 정도의 이자를 줄 수 있게 되었다.

파칭코 가게를 운영한 지 몇 달 후에는 나카야마 동생에게 빌린 원금을 모두 갚아 버렸다.

그런데 자기 동생한테 빌린 원금은 다 갚으면서도 나에게는 아무 돈도 주지 않았다.

내가 나카야마에게 왜 나한테는 돈을 안 주느냐고 물었더니 그는 "네가 돈 낸 게 뭐 있느냐? 밥만 먹고 살았으면 되지 않았느냐?" 라며 눈을 치켜뜨는 것이 아닌가.

참으로 어이가 없었다.

그러니까 나카야마 애기로는 나는 그냥 종업원으로서 월급도 없이 그냥 밥 먹여 주면 된다는 식인데 어찌나 화가 나던지 도끼를 가지고 와서 파칭코 기계를 모두 부숴 버렸다.

화가 머리끝까지 나 있는 나를 말리던 사람은 고향 사람인 종기였다.

종기가 중간에서 화해를 시켜 주었다.

나는 그 가게를 그만두는 조건으로 나카야마로부터 25만 원을 받아 챙겼다.

도끼로 파칭코 기계를 부술 때에 기계로부터 떨어진 유리조각에 찔려 내 손에서는 피가 여기저기 흘러나왔다.

동업이라는 것이 그러한 것인가 보다.

처음에는 서로 잘해 보자며 함께 일을 시작해도 가게가 안 되면 상대방이 잘못해서 그리된 것이라고 싸우게 된다.

반대로 가게가 잘되면 자기 때문에 가게가 잘되었다면서 상대방으로부터 가게를 그냥 뺏으려 하니 이것이야말로 인간의 욕심이 아니고 무엇이겠는가?

도쿄에서 나 대신 ABC 가게를 운영하여 큰돈을 벌었던 나카야마가 유흥비로 다 날리면서 나하고 함께 일군 파칭코 가게를 그런 식으로 뺏어 버리니 나는 너무나도 서운하고도 분했다.

이제는 25만 원을 가지고 혼자 독립할 때가 왔다고 생각했다.

파칭코 가게 운영 경험을 살려서 파칭코 가게를 차리려고 마음먹었다.

어느 도시에다가 가게를 얻을까 생각하다가 살고 있던 시가 현에 머물기로 했다.

scene #4

모리야마에서의 삶과 이런저런 이야기

1. 모리야마에서 파칭코 가게 운영

시가 현 히코네에서 파칭코 가게로 25만 원을 벌었다.

이 돈으로 이번에는 시가 현 모리야마에다가 파칭코 가게를 차렸다.

모리야마는 비와호에서 멀지 않은 곳에 있는 작은 도시였다.

도시 주변에는 산이 보이지 않고 너른 평야가 자리하고 있다.

높은 건물은 많지 않고 일본식 주택들이 말끔하게 포장된 아스팔트길을 따라 연결되어 있다.

모리야마 역 앞에다가 15평이 조금 못 되는 가게를 얻었다.

사다리를 타고 2층으로 올라가면 천장 바로 밑에 다락방이 있었다.

방이 딸린 가게를 얻었지만 화장실도 없고 부엌도 없어서 단지 잠만 잘 수 있었다.

가게에다가는 파칭코 기계를 21대 설치했다.

모리야마 역 앞에서 파칭코 가게를 시작할 때에 아내를 만나게 되었다.

히코네에서 파칭코 가게를 운영할 때에 가게에서 일하는 사람이

어느 날

"이와사키 씨, 남자 혼자서 장사하기 힘들 텐데 결혼하지 않을래요? 우리 누나 소개시켜 줄까요?"

라고 내게 말했다.

주변 사람들도 아내를 맞이해서 안정적인 가정을 꾸려야 장사도 잘된다며 결혼할 것을 부추겼다.

나는 3살배기 상일이가 있었고 내 아내도 그 당시에 4살 난 사내아이가 있었다.

결혼해 살면서 내 아이를 돌보자니 아내가 데리고 온 아이가 마음에 걸렸기에 이쪽 아이나 저쪽 아이한테 말을 걸지 않았다.

아이들하고 장난치며 놀아 준 적도 없었다.

내가 배운 것이 없고 더군다나 바쁘기도 하여 아이들에게 공부 한 번 제대로 가르쳐 주지도 못했다.

지금에 와서 생각해 보면 내가 왜 그랬었나 하는 후회스런 마음이 생겨나고 아이들에게 무척 미안하기만 하다.

아내와 함께 파칭코 가게에서 열심히 일하고 모든 것을 절약하며 생활했다.

화장실은 모리야마 역의 화장실을 이용했다.

파칭코 가게 안에는 부엌이 없어서 가게 앞 길가에다가 큰 솥을 걸어 놓고 밥을 해 먹었다.

가끔 한국의 고향에서 친척들이 놀러올 때도 있었다.

우리 집에 오는 친척이 가족을 많이 데리고 올 때면 쌀이 금방 축나 버리기도 했다.

어느 친척은 쌀이 모자란다기에 우리 집의 쌀을 반만 가져가라고 했더니 전부 가져가 버려서 당장 밥 지을 쌀이 없던 적도 있었다.

다음에 그 친척이 다시 찾아왔을 때에 쌀을 안 주었더니 우리 집 가게 앞에서 난동을 부렸다.

가게 앞에서 소란을 피우는 바람에 손님들에게 미안했지만 그 친척은 다행히 큰소리 몇 번 지르더니 자기 집으로 되돌아갔다.

일본 여자와 결혼해서 아이를 낳은 고종사촌이 있었다.

고종사촌은 우리 가게로 나를 찾아와서는 자기가 일본 야쿠자에서 오야붕이라며 자랑을 늘어놓았다.

고종사촌의 아이는 두 살배기였는데 우리 가게에만 오면 매일 울기만 했다.

아이가 우는 통에 고종사촌과 제대로 이야기를 나누지 못한 적도 있었다.

파칭코 가게를 운영하면서 손님이 찾아올 때면 정감 있게 이런저런 이야기 할 시간이 없어서 아쉬웠다.

특히나 한국에서 찾아온 손님들한테 미안할 때도 많았다.

처음으로 일본에 와서 반갑다고 나를 찾아왔지만 내가 제대로 시간을 못 냈으니 그 사람들에게 관광명소 구경은커녕 가까운 모리야마 시내 구경도 시켜 줄 수 없을 때가 많았다.

파칭코 가게에서 조금만 가면 비와호가 있는데 나를 찾아오는 손님들에게 자동차로 그곳을 구경시켜 주곤 했다.

비와호를 보는 사람마다 호수냐 바다냐고 물었고 호수라고 대답하면 수평선이 보이는 호수는 처음 본다며 놀라곤 했었다.

먼 곳에서 오는 손님들에게는 가게에서 가까운 호텔을 잡아 주어 묵게 해 주고 식사도 음식점으로 데려가서 일본 전통요리, 나베요리,

스시 등을 대접해 주었다.

한국에서 찾아온 손님들로부터는 한국 소식이며 고향 소식을 듣게되어 반가웠고 가끔씩은 향수병에 젖어들 때도 있었다.

그 가게에서 8년 동안 고생도 참 많았다.

지금까지는 나 혼자서 장사를 하다 보니 여러 가지 실수도 많이 했고 특히나 남의 말을 잘 듣고서 실패를 본 적도 많았으나 아내와 함께 파칭코 가게를 운영하니 커다란 실수를 하지 않게 되었다.

일본에서 이런저런 장사를 해 보았는데 그래도 모리야마에서 파칭코 사업이 중간 중간에 고생도 많았었지만 돈을 모을 수 있게 되어 보람도 제일 컸다고 생각한다.

2. 재일본대한민국민단

일본에서 살고 있는 조선인 단체에는 크게 두 가지, 즉 재일본대한민국민단과 재일본조선인총연합회가 있다.

나는 시가 현 히코네에서 파칭코 장사를 할 때부터 민단에 속해 있었다.

민단은 원래 1946년 10월 3일에 조선인 우익단체가 만든 재일본조선인거류민단이 모체가 되었다.

이 조직은 일본에 살고 있던 친공산주의계의 재일본조선인연맹에 대항하기 위해 반공청년조직에서 재일거류동포의 민생안전, 교양향상, 국제친선 등을 목표로 탄생하게 되었다.

요코하마에 있을 때에 조총련 사무실을 몇 번 다녀본 적이 있었다.

조총련은 종전 후에 재일본조선인연맹으로 출발하였다.

초기의 조총련에서는 나쁜 일들을 많이 했었다.

종전 후에 쌀이 아주 귀했을 적 일이었다.

조선 사람이 쌀을 사 가지고 집으로 돌아가는 길에 조총련 청년들이 길을 가로막고서 쌀을 빼앗기 위해 그 조선 사람을 몽둥이로 두들겨 팬 일이 있었다.

조총련 사무실에 몇 번 다닌 적이 있었는데 조총련은 사람의 도리에 어긋난 일들도 하는 것을 알게 되었다.

공산당에 대해서는 잘 몰랐지만 그들의 행동거지로 보아 조총련과는 상종해서는 안 되겠다고 마음먹었었다.

종전 후에 민단 쪽에도 가 보았는데 민단 사람들은 조총련처럼 그리 험악한 행동을 보이지는 않았었다.

대화의 내용도 주로 일본에서 어떻게 하면 잘살 수 있을까 그리고 재일교포들의 인권에 관한 것들이었다.

시가 현 히코네에서 파칭코를 했을 때 민단 소속은 나 혼자였고 나머지는 전부 조총련 소속이었다.

조총련은 한마디로 조직적이었다.

조선민족의 우수성과 자주성을 너무 강조한 나머지 융통성이 없었다.

민단과 조총련은 앙숙처럼 싸움을 하곤 했다.

물리적 충돌은 많이 없었다고 해도 양측 사이에 이렇다 할 교류가 없이 서로 미워하고 증오했다.

같은 민족에서 출발하여 먼 일본 땅에서 살면서 서로 양분되는 모습이 보기에 안 좋았지만 누가 먼저라고 할 것도 없이 서로 간에 불신의 골이 깊어만 갔었다.

히코네에서 모리야마로 오니까 민단에 나 포함하여 4명이 있었다.

시간이 흐르면서 민단 소속인원도 점점 늘어나기 시작했다.

민단은 현재 도쿄의 중앙본부 산하에 49개의 지방본부와 354개의 지부를 두고 있다고 한다.

내가 모리야마에서 파칭코 가게를 운영해서 어느 정도 경제력이 생기면서부터 민단에서 여러 역할을 맡아 달라고 했었다.

나는 글을 잘 몰라서 아무 일도 하지 않았다.

고등학교까지 공부한 아내가 있었기에 내가 글을 몰랐어도 그다지 불편함은 없었다.

부조할 때에 봉투 쓰는 일도 아내가 대신 써 주었다.

한국전쟁이 끝났을 시기에 민단 300명과 함께 한국을 방문했었다.

전쟁의 폭격으로 파괴된 서울 거리를 보면서 눈물이 저절로 흘러 나왔다.

불에 타 쓰러져 가는 시커먼 건물들과 함께 배고픔을 달래 가며 길거리를 서성거리는 거지들을 볼 때 가슴이 무척 아팠다.

배고파 울면서 내게 손을 내미는 어느 거지 아이에게 지갑에서 제법 많은 돈을 꺼내어 건네준 적이 있었다.

민단을 통해 일본을 방문한 한국의 높은 지위 사람들을 만나서 반가웠고 또한 민단에 소속되어 그리운 한국을 방문할 수 있어서 무척 기뻤었다.

지금은 조총련의 힘이 약화되고 민단과 조총련 사이에 지난 세월처럼 앙숙적인 관계는 아니지만 앞으로도 민단의 활동범위가 넓어져서 재일교포들의 안정적 삶과 인권 보호에 앞장서 주기를 바라고 싶다.

3. 빌딩을 세움

모리야마 역 앞에서 파칭코 가게를 하면서 어느 정도 돈을 모을 수 있게 되었다.

그런데 그 가게는 일단 남의 가게이고 역 앞이라고는 하지만 큰길가와는 약간 외진 곳에 위치하여 장소가 그다지 좋은 편이 아니었다.

모리야마 역 광장에서 길 하나 건너는 곳에 땅을 구입했다.

땅 한 평에 3만 원을 주고 100평 정도의 땅을 샀다.

그 땅은 원래 건물이 있지 않은 주차장 자리였다.

자동차도 세우고 자전거도 세우는 자리였다.

땅을 샀지만 건물 지을 돈이 모자라서 가건물 형태로 건물을 짓고서 파칭코 가게를 하다가 1970년에 가건물을 헐고서 지금의 건물을 건축하였다.

지금의 빌딩은 5층 건물이다.

1층은 파칭코 가게를 하고 2층에는 사무실과 커피숍이 있다.

3층에는 마작 가게가 있고 4층에는 또 다른 사무실이 있다.

5층은 살림집으로 내부시설을 했다.

건물을 지으려면 여기저기에서 허가서를 받아야 한다.

모리야마 시청을 수십 번 왔다 갔다 했다.

요즘에는 한국의 공무원들도 공적 업무에 철저하지만 일본 공무원들은 오래전부터 원리원칙을 철두철미하게 지켜 왔다.

건물을 짓는 데에도 시간이 꽤나 걸렸다.

땅을 파서 콘크리트 기둥 세우고 내부시설 마치면 건물 하나 짓는 것인데 뭐가 그리 오래 걸리나 싶었다.

그러나 건물의 안전성을 고려하여 각 단계마다 지켜야 하는 절차를 따라야 하기에 시간이 걸릴 수밖에 없다고 한다.

일본에는 지진이 많이 발생하므로 건물을 지을 때에 내진 설계에 맞추어 건물을 지어야 한다는 것이다.

건물을 짓는 데에 1억 2천만 원의 건축자금이 필요했다.

은행에서 6,000만 원을 빌려서 1억 2천만 원을 만들어 은행에 넣어 놓았다.

건물 지을 때에 필요한 돈을 거기서 꺼내 쓰기로 한 것이었다.

그런데 은행에서는 내 돈으로 건물을 지으면 세금이 많이 나오니까 은행에서 대출하여 건물을 짓는 편이 유리하다는 것이었다.

그러니까 은행에 내 예금이 있는데도 나는 그 돈을 쓰지 않고 건물 짓는 데에 필요한 1억 2천만 원을 전부 은행에서 대출했던 것이다.

그리고 빌린 돈 6,000만 원을 포함하여 내 은행구좌에는 1억 2천만 원이 예치되어 있었다.

건물 짓기 시작하여 1년 반 만에 건물이 완성되었다.

건물이 완성되고 보니 모리야마 역 근처에서 제일 높을 빌딩이 되어 있었다.

건물 옥상에 올라가서 사방을 둘러보니 저 멀리 비와호가 파랗게 보였고 나지막한 시내 주택들이 내 건물을 위로 올려다보고 있었다.

건물 앞을 바라보니 교토에서 출발하여 나고야로 연결되는 일본 철도와 함께 신칸센 철도가 길게 뻗어 있었다.

건물은 완성되었지만 은행 빚을 갚기 위해 돈을 많이 벌어야 했다.

건물 중에서 1층의 파칭코 가게와 우리 살림집을 빼고는 전부 임대를 놓았다.

파칭코 수입과 임대 수입으로 은행 이자와 함께 원금을 갚아 오고 있는데 아직도 은행 빚이 조금 남아 있는 상태이다.

모리야마 역에서 나오면 역 광장이 있는데 그 역 광장의 정면에 내 건물이 자리하고 있다.

이제는 내 건물 주변에 높은 빌딩들이 많이 들어서서 옥상에 올라가도 시야가 막혀서 모리야마 역 풍경이 잘 보이지 않는다.

빌딩 옥상에 올라가서 보름달을 쳐다볼 때면 고향 생각에 저절로 빠져들기도 했다.

내 이름을 따서 이와사키 빌딩이라고 명명한 건물은 40년 정도가 지난 오늘날에도 모리야마 역을 바라보며 건장하게 우뚝 서 있다.

내 인생이 묻어 나 있는 그 건물을 쳐다볼 때에 지나온 세월이 주마등처럼 스치곤 한다.

4. 야쿠자와의 싸움

　모리야마 역 앞에 건물을 짓고 파칭코 가게를 새로 시작했을 때 가게 운영이 잘되었었다.

　모든 서비스업이 다 그러하듯이 파칭코 가게를 새로 오픈하면 기계가 새것이고 가게 시설도 산뜻하니까 사람들이 그곳으로 몰리게 마련이다.

　파칭코 가게는 손님을 끌기 위해 오픈하고 며칠 동안은 파칭코 주인이 손님들한테 돈을 잃어 준다.

　파칭코 기계에서 손님들이 돈 벌 확률을 높여 주는 것이다.

　파칭코 가게를 오픈하는 날에는 새벽부터 가게 앞에 나와서 진을 치고 있는 사람들로 북적거린다.

　할인 판매하는 날에 백화점 앞이 문 열기를 기다리는 쇼핑객들로 북적대는 것과 비슷하다.

　우리 가게가 새로 오픈되고서부터 전보다 수입이 좋아졌다.

　수입이 좋아진 것은 좋은데 어떻게 알았는지 야쿠자가 우리 가게로 들어와서 성가시게 굴기 시작했다.

일본의 야쿠자는 원래 도박을 생활로 하는 사람들을 칭하는 말이었으나 이 말이 변하여 오늘날에는 아무런 직업 없이 남을 등쳐먹는 조직폭력배를 일컫는 말이 되었다고 한다.

야쿠자 조직에서 지도자 격인 오야붕과 부하들인 고붕들은 수직적 관계가 유지되고 동료들끼리는 교다이붕이라는 수평적 관계가 형성되어 있다.

야쿠자가 내 가게로 쳐들어와서는 가게를 보호해 준다면서 돈 상납을 요구했다.

그때마다 모리야마 시로부터 허락받고 장사하고 있으니 당신들의 보호는 필요 없다며 돈을 주지 않았다.

어느 날 야쿠자가 우리 가게로 들어와서는

"이봐, 이와사키. 총을 100대 가지고 와서 이 가게를 쑥대밭으로 만들어 버릴 테다."

라며 나를 협박하였다.

나는 총이라고는 꿩 잡는 총 한 자루밖에 없지만 총 100대 가져올 테면 가져와 보라며 버텼다.

그랬더니 야쿠자 너덧 명이서 가게의 파칭코 기계를 망치로 부수는 것이 아닌가?

야쿠자의 소란에 손님들은 놀라서 가게 밖으로 다 나가 버렸다.

나는 화가 치밀었다.

일본 땅에 와서 고생 고생하면서 돈 벌었고 세금 다 내면서 장사하고 있는데 이자들은 남을 협박해 가며 등쳐먹으려 들고 있다 생각하니 화가 머리끝까지 치밀어 올라왔다.

나는 야쿠자 한 명의 목에 총을 겨누면서 죽여 버리겠다고 고함을 쳤다.

그랬더니 기계를 때려 부수던 야쿠자들이 움찔하면서 나를 말렸다.

그들은 그날 그렇게 해서 조용히 물러났다.

그 일이 있고서 얼마 있다가 경찰이 우리 가게로 찾아왔다.

야쿠자들이 내가 총을 가지고 있다고 신고해서 왔다며 자기한테 총을 달라는 것이다.

할 수 없이 경찰에게 총을 뺏기고 말았다.

그 후로 야쿠자로부터 괴롭힘을 받지는 않았으나 별의별 손님들 때문에 싸움도 많이 했다.

파칭코 게임이 도박에 가깝다 보니 돈을 잃은 사람들이 이런저런 핑계를 대며 시비를 걸어 오는 일이 많았다.

이런 일이 있을 때마다 내가 물러나야 할지 아니면 강하게 부닥쳐야 할지를 판단해서 행동하였기에 파칭코 가게를 오랫동안 운영할 수 있었다고 생각한다.

5. 자동차 운전면허 취득

모리야마에서 파칭코를 운영하고 있을 때에 역 앞에 나가 보면 손님을 기다리는 택시들이 길게 늘어서 있었다.

택시운전수들은 택시를 세워 놓고서 손님을 기다리며 자기네들끼리 이런저런 이야기를 하곤 했다.

1957년도는 둘째 아들 상칠이가 태어난 해였다.

상칠이가 태어나던 해의 어느 날에 한 택시운전수에게 스쿠다는 얼마면 사느냐고 물어보았다.

스쿠다는 그 당시에 자그마한 자동차였다.

그 택시운전수는 스쿠다를 살 바에는 차라리 일반 자동차를 사라고 권유했다.

중고차는 일반 자동차라도 싼 값으로 얼마든지 살 수 있으니 중고차를 사라는 것이었다.

고맙게도 그 택시운전수는 나를 자기 택시에 태우더니 교토에 있던 자동차 중고시장에 데려다 주었다.

택시운전수가 흥정을 해 줘서 3만 원 주고 소형 중고차를 샀다.

그때에는 내가 운전을 못 했었는데 그 택시운전수가 내가 산 중고차를 모리야마까지 끌고 와 주었다.

택시운전수가 보는 데에서 자동차 시동을 걸고 기어를 넣어서 운전을 시작했다.

자동차운전면허는 없었지만 조심하면서 살살 운전을 해 보니 스릴도 있었고 한편으로는 재미도 생겨났다.

그 이튿날부터 나는 아이들을 태우고 모리야마 시내를 돌기 시작했다.

그 당시만 해도 모리야마에는 자동차가 별로 없어서 무면허였지만 운전하는 데에 커다란 어려움은 없었다.

아이들은 내가 운전하는 자동차를 타고서 무척 좋아라 했다.

"아빠, 이 자동차 우리 자동차야?"

라며 즐거워하는 모습을 보노라니 무면허 운전이 위험하다는 생각은 어디로 사라져 버리고 아이들을 위해서라도 운전을 빨리 배워야겠다는 생각만 가득했다.

며칠 뒤에는 아내까지 태우고 시가 현 히코네에 갔었다.

내가 공동으로 운영했던 히코네 파칭코 자리까지 가 보았다.

1시간 넘게 걸렸지만 피곤한 줄도 모르고 그저 운전이 즐거웠다.

아내가 좋아라 하는 모습에 나는 행복감에 젖어들었다.

아내와 살면서 잘해 주지도 못했는데 그동안 수고 많았다는 말을 자동차 드라이브로 대신하고 싶었다.

내가 자동차를 샀을 때가 논에 물을 대고 모내기를 한창 준비하던 봄이었다.

가족을 모두 태우고 히코네까지 다녀와서 운전에 어느 정도 자신감이 붙었던 어느 날에 그날도 자동차를 몰고 집을 나왔는데 액셀러레이터를 아무리 밟아도 속도가 나지 않았다.

더운 봄 날씨에 자동차가 뜨거워지기 시작했다.

차에서 내려 보니 자동차 타이어에 펑크가 나서 속도가 안 난 것이었는데 그것도 모른 채 액셀러레이터만 밟았던 것이다.

자동차가 열을 받은 것은 엔진오일이 떨어져서 엔진이 열을 받았기 때문이었다.

그 자동차를 면허증 없이 1년 동안 타고 다녔다.

그런데 파출소에서 나더러 자동차운전면허증을 따고서 운전하라는 것이었다.

아무래도 면허증이 있어야 할 것 같아서 면허시험을 보기로 했다.

실기시험은 1년 동안 운전경험이 있어서 통과될 수 있을 것 같았는데 문제는 필기시험이었다.

글자를 잘 모를 시기였으니 운전면허 필기시험에 합격한다는 일이 그리 만만치 않았다.

운전면허 책을 공부할 때에 글자를 몰라서 무슨 의미인지는 몰랐어도 각 문제마다 정답 문장의 글자를 대충 기억해서 간신히 필기시험에 합격했었다.

실기시험은 미국자동차인 시보레로 치렀다.

시보레는 차가 무척 커서 앞이 잘 보이지도 않았다.

1년 동안 운전 경험이 있어서 실기시험에는 무사히 통과할 것으로 생각했으나 두 번씩이나 낙방했었다.

전부터 알고 지내던 사회당 국회의원 비서를 만나서 운전면허 실기시험에 두 번 낙방했다고 말했더니 그 사람은 자기가 면허증을 내주겠다며 면허시험장으로 나를 데리고 갔다.

그 사람은 면허시험 담당관에게 나를 가리키며

"이 사람이 운전은 잘하는데 실기시험에 떨어졌으니 다음 실기시험에는 무조건 합격시켜서 면허증을 내주시오."

라며 큰소리를 쳤다.

나는 그 비서관에게 고마움의 표시로 송이버섯 한 상자를 건네주었다.

그런데 내가 실기시험 보는 날에 면허시험장에 가보니 시험담당관이 바뀌어 있었다.

실기시험 보는데 무척 당황이 되었다.

국회의원 비서관 덕분으로 쉽게 면허증을 받을 수 있을 것으로 생각하고 콧노래를 부르며 면허시험장에 들어갔건만 내 실력으로 실기시험에 합격해야 한다고 생각하니 나도 모르게 긴장이 커져만 갔다.

다행스럽게도 바뀐 면허시험관이 내 운전 실수를 잘 봐줘서 간신히 운전면허증을 딸 수 있었다.

운전면허증을 받고서 무척 기뻤다.

면허증 없이 운전할 때에는 모리야마 시내를 벗어나기가 겁이 났었다.

모리야마 시내에서는 무면허로 운전해도 경찰이 봐줘서 그럭저럭 넘어갈 수 있었지만 다른 지역에서는 어림도 없었기 때문이었다.

운전면허증을 딴 지가 50년이 넘었는데도 바로 엊그제 일 같으니 세월이 참 빠르기는 빠른 것 같다.

6. 도쿄올림픽과 어머니

1964년 10월 10일에 일본 도쿄에서 올림픽이 개최되었다.

한국에 계시던 어머니를 일본으로 초청했다.

그 당시에는 한국에서 외국으로 여행한다는 것이 정말로 어려웠다.

1980년대에 들어와서부터 해외여행이 자유로워졌으니 1960년대 초에는 해외여행이 얼마나 까다로웠겠는가?

한국에서 어머니 여권을 만들기 위해 나는 오사카에 있는 한국영사관으로 가서 어머니 초청장을 떼어 고향 경주로 부쳤다.

모리야마에서 오사카까지 가는 데에 전차로 1시간 이상 걸렸고 또한 초청장을 발급받는 데까지 여러 가지 서류들을 필요로 했지만 어머니를 일본으로 오시게 할 수 있음에 마냥 즐겁기만 했었다.

아버지는 할아버지를 따라서 사업을 하신다고 만주와 강원도에 가셔서 오랫동안 집을 비우셨다.

아버지는 고향으로 돌아오셔서 얼마 안 계시다가 외삼촌과 함께 일본으로 건너오셔서 9년간 고향을 떠나 계셨더랬다.

그 기나긴 세월 동안에 어머니는 누나, 나, 동생을 혼자 키우셨다.

내가 밀항으로 일본에 건너와서 갖은 고생을 다할 때에도 어머니를 생각하면 불효자라는 생각에 늘 마음 편치 못했다.

큰아들이라고는 하지만 어머니께 이렇다 할 효도 한번 제대로 해 드리지 못한 것 같아서 가슴 한구석에 죄스러운 마음뿐이었는데 어머니를 일본으로 초청한다고 생각하니 가슴이 두근거렸다.

어머니는 오사카에 도착하셨다.

고운 한복을 입으신 어머니를 보자마자 40대였던 나는 어린아이마냥 너무나도 기뻐서 눈물이 솟아났었다.

오사카에서 어머니를 모시고 교토를 거쳐 모리야마로 건너왔다.

내가 운전하는 자동차를 타시고 모리야마로 오시는 길에 어머니는 길가에 피어 있는 코스모스를 보시고는 경주 고향에도 코스모스가 활짝 피어 있다고 말씀하셨다.

내가 어렸을 적에 코스모스가 불국사 역 주변이 많이 피었더랬다.

코스모스 꽃망울을 떼어서 볼에 대고 터트리면 상큼한 꽃망울 물이 볼 위에 퍼지곤 했다.

코스모스 이파리 향을 코로 맡아 보면 자연의 향기를 만끽할 수 있었다.

일본에서 가끔 코스모스 이파리 향을 맡다 보면 어렸을 적의 고향 생각에 흠뻑 젖어든 때가 많았다.

코스모스 피어 있는 들판 위로 고추잠자리 떼가 공중을 뱅뱅 돌며 날았었다.

어렸을 적의 고향 모습을 떠올리며 어머니와 이런저런 이야기를 나누었다.

고향 친척들의 안부도 물었고 고향 동네 친구들은 어떻게 살고 있는지에 대해서도 궁금하여 물어보았다.

모리야마에서 며칠 묵으면서 내 자동차로 교토의 여러 관광명소와 시가 현의 비와호도 구경시켜 드렸다.

비와호를 보시더니 무슨 저수지가 이다지도 크냐며 놀라시던 모습이 떠올려진다.

어머니를 자동차로 모셔서 마침 올림픽이 개최되던 도쿄로 올라갔다.

1964년도에 도쿄올림픽 시기에 맞추어 신칸센이 개통되긴 했지만 나는 자동차로 어머니를 모셨다.

모리야마 집을 나와 몇 시간 걸려서 도쿄에 도착했다.

고속도로를 달리다가 차창 밖으로 노랗게 익은 벼들을 바라보시면서 어머니는 "벼농사가 참 잘되었구나."라고 말씀하셨다.

도쿄에 올라가서 올림픽 주경기장 안에는 들어가지 못했지만 올림픽경기장 주변을 구경했다.

우에노 공원 벤치에 앉아서 도쿄 시내를 바라보시면서 도시가 무척 크다고 말씀하셨다.

도쿄올림픽에서는 1960년도 로마 올림픽에서 맨발의 아베베가 마라톤에서 연패한 일이 뉴스거리가 되기도 했지만 무엇보다도 일본 여자배구가 소련을 누르고 우승한 일이 가장 크게 보도되었다.

어머니를 모시고 하코네 온천을 들렀다.

하코네 온천은 일본에서도 유명한 온천이다.

유황 온천이라서 온천지대 안에서 퍼져 있는 유황 냄새로 코가 매웠다.

어머니에게 여러 가지 일본 음식을 맛보여 드렸다.

어머니는 일본 음식이 너무 느끼하다고 하시며 음식은 한국음식이
제일 맛나다고 말씀하셨다.

일본 물맛이 어딘가 싱겁다고 하시면서 물맛 또한 한국이 최고인
것 같다고도 말씀하신 일이 생각난다.

도쿄에서 모리야마로 돌아오신 날에 오랜 여행으로 피곤하셨는지
그날 밤에 일찍 잠을 주무셨다.

어머니가 한국으로 귀국하실 때에 모리야마에서 내 자동차로 오사
카까지 모셔다 드렸다.

어머니가 한국으로 귀국하실 때에 무척 섭섭해하셨다.

비록 40대의 아들이지만 자식과 이별하심에 어찌 서운해하지 않겠
는가?

마음만 먹으면 한국과 일본 사이를 쉽게 오고 갈 수 있다고는 하지
만 헤어짐은 언제나 가슴 아픈 일이다.

어머니가 오사카에서 나와 헤어질 때에 나를 보시면서 이제 들어
가라고 손짓하실 때에 눈물을 흘리셨다.

어머니의 눈물 흘리신 모습을 보고 나도 가슴이 미어짐을 느꼈다.

어머니를 오사카에서 배웅해 드리고 모리야마로 돌아오는 길이 너
무나도 힘이 들었다.

노랗게 익은 벼들이 가을바람에 흔들거리는 모습이 너무나도 쓸쓸
해 보였고 차창에 부딪치는 바람소리가 정월달의 겨울바람마냥 차갑
게 느껴졌다.

모리야마에 돌아와서는 우리 집 안방에 어머니가 꼭 앉아 계실 것
만 같았지만 텅 빈 방 안을 둘러보며 내 눈에는 어느새 눈물방울이
맺혔다.

7. 문세광 저격사건

1974년도 8월 15일이었다.

매년 8월 15일이 한국에서는 광복절이지만 일본에서는 종전 기념일이다.

일본의 여름은 푹푹 찌는 무더위로 유명하다.

그날도 무더운 여름 날씨에 모리야마 파칭코 가게 일을 하루 종일 보다가 저녁 10시 정도에 집으로 올라가서 TV 뉴스를 봤었다.

그날 뉴스에서 문세광 저격사건을 보았다.

광복절 기념축사가 있던 장충동 국립극장에서 문세광이 박정희 대통령을 저격하려다가 실패하고 육영수 여사를 피격했다는 뉴스였다.

육영수 여사는 박정희 대통령 부인으로서 온 국민으로부터 존경과 사랑을 받은 영부인이셨다.

일본 TV 뉴스에서 보이던 육영수 여사의 모습은 편안하고 자애로워 보였다.

그런데 그분이 문세광의 총격에 돌아가신 것이다.

한국에서는 조국이 일본으로부터 해방을 맞이했던 날을 기념하는 뜻 깊은 날에 영부인을 잃었으니 온 국민이 얼마나 슬퍼했겠는가?

뉴스를 자세히 보고 있으니 문세광이 재일교포라고 소개되었다.

그렇지 않아도 한국에서는 재일교포라고 하면 혹시나 조총련 쪽은 아닌지 의심을 받아 왔었는데 문세광 사건으로 인하여 재일교포에 대한 인식이 안 좋아지겠구나 하는 걱정이 앞섰다.

문세광 사건이 발생했을 때에 한국인으로서 무척이나 부끄러웠다.

일본 사람들은 한국 사람이 같은 동포를 피격했다며 어딘가 한국 사람을 무시하는 것 같은 말투를 보였다.

그렇지 않아도 일본 사회에서는 한국 사람들에 대한 멸시가 늘 있어 왔는데 문세광 사건으로 인하여 더욱 멸시를 받을 것은 분명했다.

일본은 미국이라고 하면 무조건 좋아하는 데 반하여 한국을 비롯한 아시아 국가들을 얕잡아 보는 면이 없지 않았다.

문세광으로부터 피격당하여 서거한 육영수 여사의 장례식에 관한 뉴스가 일본 TV에서 연일 보도되었다.

한국 국민들이 슬퍼하던 모습이 TV에 생생히 방송되었다.

그 모습을 보고 있노라니 한국 사람의 한 사람으로서 가슴이 메어지는 아픔을 느꼈다.

청와대 정문에서 박정희 대통령이 마지막으로 육영수 영부인을 떠나보내는 장면이 아직도 눈에 선하다.

문세광은 조총련으로부터 사주를 받아 광복절 피격 사건을 저질렀다고 한다.

문세광 사건으로 인하여 민단과 조총련은 사상문제뿐만 아니라 모든 면에서 서로 앙숙 관계가 되어 버렸다.

조총련 사람들은 남한 관리인들 모두를 도둑이라고 몰아붙였다.

사리사욕에만 눈이 어두워서 나랏일을 전혀 하지 않는다는 것이었다.

가끔 남한 관리인이 실수했다는 뉴스가 보도되기만 하면 남한은 피폐되어 있는 나라라고 선전하기 바빴다.

요즘에는 조총련 사람들이 민단으로 들어와서는 민단의 간부 노릇을 하고 있다.

조총련 단원으로서 민단을 그렇게 비방하더니 어느새 민단에 들어와서 보란 듯이 활동하는 것을 보면 어이가 없을 때가 참으로 많다.

불리하다 싶으면 금방 자기의 주장을 손바닥 뒤집듯이 바꿔 버리는 사람들이야 무슨 짓을 못 하겠는가?

이제는 세계의 냉전시대가 종식되고 남북관계도 많이 개선되어 사상논쟁이 사라지고 있지만 문세광 사건 당시에는 민단과 조총련 사이에 첩보전쟁을 불사하는 사상전투가 전개되었었다.

매년 8월 15일에 일본에서 종전 기념일에 관한 뉴스를 볼 때에 가끔씩 문세광 저격사건에서 숨진 육영수 여사가 생각나기도 한다.

환하게 웃는 육영수 여사의 모습이 가끔 그리워지곤 한다.

8. 조카사위 방문

내게는 딸이 없는데 내 동생은 딸을 두었다.

그러니까 내게는 조카딸이 하나 있다.

조카딸이 결혼할 때에 참석하지 못해서 아쉬웠었다.

조카딸은 결혼하고서 대덕연구단지가 있는 대전으로 내려가서 살았다.

1987년도 가을쯤에 조카사위가 오사카로 출장을 오는데 우리 집에 한번 와 보고 싶어 한다고 했다.

그렇지 않아도 결혼식에 참석을 못 해서 아쉬웠는데 조카사위가 일본을 온다고 하니 만나도 보고 싶었다.

1987년 10월에 조카사위는 연구소 동료 2명과 함께 모리야마에 왔었다.

셋은 모두 일본어를 전혀 하지 못했다.

내가 없는 사이에 조카사위는 내 둘째아들인 상칠이와 커피숍에서 영어를 섞어 가며 이런저런 대화를 했던 모양이다.

처남과 매제 사이에 대화가 서로 안 통하니 얼마나 답답했을까 하는 생각이 들었다.

그들과 함께 모리야마의 유명한 스시 가게로 들어갔다.

그들은 오사카에서 회전 스시를 먹어 보았다고 말했다.

그들이 스시를 맛있게 먹는 모습을 바라보며 흐뭇한 마음이 들었다.

조카사위를 보니 조카딸을 보는 듯이 반가웠다.

일본에 살면서 한국에 나갈 때에 가끔 서울에서 조카딸을 만나기는 하지만 자주 만날 수는 없었다.

모리야마에서 처음으로 파칭코 가게 운영할 때에 무척 바쁜 시기였는데 그때에도 한국에서 오는 손님들을 만날 때면 참으로 반가웠다.

조카사위가 모리야마 내 집을 방문했던 당시에는 내가 직접 파칭코 가게에 그다지 신경을 쓰지 않았던지라 시간적으로 바쁘지 않았었다.

조카사위 일행을 내 자동차에 태우고 비와호로 구경을 갔었다.

푸른 가을 하늘 아래에 시퍼런 비와호 물결이 가을바람에 흔들거렸다.

멀리서부터 밀려오던 파도가 비와호 가장자리를 부딪치며 철석철석 소리를 냈다.

그네들은 비와호에 수평선이 보인다며 정말로 호수냐고 물어 왔다.

비와호 주변의 나뭇잎들이 가을햇볕 속에서 바람에 나풀거리고 있었다.

그들은 그날 저녁에 우리 집에서 식사를 했다.

다다미방이 익숙하지 않은 듯 푹신푹신한 다다미를 몇 번이고 쳐다보았다.

식사 후에 이런저런 이야기를 하다가 일본이 한국과 무엇이 다른 것 같으냐고 내가 물어보았다.

셋은 일본 사람들이 친절한 것 같다, 거리가 깨끗한 것 같다, 공중질서를 잘 지키는 것 같다, 교토의 절들이 생각보다 큼지막하다 등을 이야기했다.

그들이 일본말을 몰라서 오사카에서 모리야마로 찾아오는 데에 많이 힘들었다고 했다.

오사카에서 JR을 타고 교토로 올 때에

"이 전차가 교토 가느냐?"

라고 물어보았는데 거의 10분을 뭐라고 이야기하더라는 것이었다.

그들은 간다 혹은 안 간다라는 대답만을 기다리고 있었는데 알아듣지도 못하는 일본말로 설명을 듣자니 답답하기도 하고 미안스러웠다고 했다.

한국 사람에 비해 너무나 친절한 것 같다고 말했다.

그들을 모리야마 역 근처의 호텔에 재웠다.

아침밥을 먹고서 그들은 모리야마에서 기차를 타고 떠났다.

가방을 하나씩 둘러메고 모리야마 역을 빠져나가는 그들을 바라보고 있으니 헤어짐이라는 서운함이 느껴졌다.

그들은 일본에 자주 출장 올 수 있을 것이라고 말했지만 일본에 오는 일이 어디 쉬운가?

그들을 떠나보내고 마음 한구석이 쓸쓸해졌지만 나중에 조카사위를 다시 볼 수 있으려니 하는 생각에 아쉬운 마음을 달랬었다.

9. 나와 골프

50대였던 어느 날에 친구들과 이런저런 이야기를 하면서 허리가 아프다는 말을 꺼냈다.

한 친구가 허리에는 골프가 좋다면서 내게 골프 칠 것을 권유했다. 허리가 낫는다는 말에 귀가 솔깃해졌다.

사실 남들과 어울리면서 즐기는 취미가 별로 없었기에 친구의 말을 듣고서 골프를 배워 보기로 했다.

골프를 처음 배웠을 때에는 팔도 아프고 허리도 뻐근해졌지만 생각보다 재미났었다.

실내에서 골프를 배울 때에는 답답하기도 하였으나 필드에 나가서 푸른 잔디를 멀리 바라보며 걷는 기분은 너무나도 상쾌했다.

온갖 시름을 모두 떨쳐 버리는 듯한 기분이 들었다.

골프는 치면 칠수록 어렵게 느껴졌다.

스트레스를 풀기 위해 골프를 쳤는데 게임이 잘 안 될 때면 오히려 스트레스만 잔뜩 쌓여서 돌아올 때도 많았다.

한창 골프를 즐길 때에는 내기 골프를 많이 쳤다.

게임당 100만 원짜리 내기 골프를 친 적도 있었다.

골프를 치면서 사람들을 많이 사귀게 되었다.

처음에는 안이라는 사람을 알게 되었는데 그 사람의 고종사촌이 한국 모 기업의 양 국회의원이었다.

그래서 양 국회의원과 골프를 친 적도 있었다.

양 의원과 더불어 골프를 치다가 김 의원과도 친밀하게 되어 함께 골프를 즐긴 적도 많았다.

허리가 낫는다고 하여 골프를 쳤으나 허리는 여전히 아파 왔다.

골프를 치면서 허리 아플 때마다 침을 맞았다.

허리 아픈 이유를 가만히 생각해 보니 어렸을 적에 경주 고향에서 밭일을 너무 심하게 해서 그리된 것 같기도 하다.

나이가 들면서 여기저기 안 아픈 곳이 없을 정도로 온몸이 쑤셔 왔다.

허리가 자주 아파서인지 지금은 허리가 굽어 있다.

걸음걸이가 그리 편하지 않아서 지팡이를 딛고 걸어 다닌다.

계단을 오르내릴 때에는 아픈 허리 때문에 고생을 많이 하고 있다.

요즘에 서울에 가끔 갈 때가 있다.

서울 지하철 계단을 오르내릴 때에 힘 안 들이고 계단을 오르내리는 사람들을 보고 있노라면 젊음이 부러워지곤 한다.

일본에서 생활하면서 이렇다 할 운동을 한 적 없이 오로지 골프 치는 것으로 운동을 대신해 왔다.

허리가 아프고 기운도 없어지니 내가 직접 골프는 못 치고 TV에서 중계하는 골프경기를 보는 것으로 대리 만족하며 살고 있다.

10. 내가 만나본 사람들

일본에 살면서 지금까지 민단에 속해 있다.

시가 현 히코네에서 파칭코 장사를 할 때에는 히코네 민단 지부에 나 혼자밖에 없었다.

모리야마로 이사한 후에는 민단지부에 4명의 단원이 있었다.

민단을 통해서 한국의 정치인들을 많이 만나볼 수 있었다.

일본에는 각 행정구역마다 민단 지방본부가 있고 지방본부 밑의 산하기관으로 350여 개의 민단지부를 두고 있다.

한국에서 높으신 분들이 일본으로 오실 때라든지 혹은 민단이 한국을 방문할 때에는 각 지방본부에서 선출된 대표자들이 참석했다.

민단 대표자들은 주로 민단에서 경제력이 있는 사람들로 채워지게 마련이었다.

한국전쟁이 끝나자마자 민단과 함께 한국을 방문했을 때에 이승만 대통령을 만났었다.

경무대에서 이승만 대통령을 만났을 때에 이미 나이는 드셨지만 그래도 곧은 정신을 가지고 있다는 느낌을 받았다.

젊었을 적에 항일운동을 많이 하셨던지라 누구보다도 반일감정이 강하셨다.

우리 민단들을 보고 일본 타국 땅에서 고생한다면서 위로와 격려의 말씀을 해 주신 것이 기억난다.

이승만 대통령은 재임 시에 일본과의 우호조약을 맺기 위해 5차에 걸쳐 회담을 가졌으나 이렇다 할 성과가 없이 4·19 부정선거로 하야하게 되었다.

5·16 군사혁명 이후에 박정희 대통령이 재임하면서부터 본격적으로 한일회담이 전개되었던 것으로 알고 있다.

민단과 함께 청와대에 들어가서 박정희 대통령을 만났다.

이승만 대통령과 비교하여 박정희 대통령은 단단하게 보였고 목소리가 카랑카랑했었다.

경제발전에 대한 포부를 밝히면서 일본과의 우호협약을 통해 일본으로부터 자금을 많이 끌어들여야겠다는 계획을 말했었다.

민단이 박정희 대통령을 방문했을 때에 경제발전을 위한 자금이 필요하다는 말은 했었지만 그것은 국가 간의 차관도입에 관한 내용이었고 외국에 살고 있는 민간인으로서 한국에 직접 투자할 수 있는 법적 제도는 마련되지 않았었다.

1971년 7월 2일에 1989년도에 일본 수상을 지냈던 우노소스케 의원과 함께 일본에서 자동차를 가지고 한국을 방문했었다.

나중에 안 사실이지만 우노소스케 의원은 고노 이치로 장관의 비서 시절에 한일협정의 핵심문제 중의 하나였던 독도밀약에 관여했던 것 같다.

우노소스스케 의원이 한일회담과 관련한 일을 했던 관계로 한국의 국회의원들을 많이 알고 있었다.

내가 우노소스케 수상을 알게 된 것은 그분이 모리야마에서 우리 바로 앞집에 살았었기 때문이다.

하루는 우노소스케 수상이 나와 함께 한국에 놀러 가자고 제안했었다.

그래서 내 자동차를 배에 실어서 부산항에 내려 자동차로 한국의 이곳저곳을 다니며 우노소스케 수상을 관광시켜 주었다.

1971년도 7월 1일에 경부고속도로가 개통되었는데 우리는 7월 2일에 한국에 도착해서 새로 난 경부고속도로를 날다시피 달렸었다.

우노소스케 의원이 한국의 정치인에게는 아무한테도 한국을 방문한다는 이야기를 안 했다는데 한국 정부가 어떻게 알았는지 우리 차를 간접적으로 경호하고 있었다.

서울 조선호텔에서 묵고 있었는데 김종필 씨가 우리를 찾아왔었다.

김종필 씨는 국무총리에서 물러나 조용히 지내고 있던 시절이었는데 어떻게 소식을 들었는지 우노소스케 의원을 찾아왔던 것이다.

나는 김종필 씨의 얼굴을 몰랐었다.

우노소스케 의원이 내게 김종필 씨를 소개시켜 줘서 그때에서야 그분인 줄 알았었다.

그는 내 자동차로 경주, 공주, 서울 등으로 개인적인 한국여행을 즐기셨다.

그는 머리를 뒤로 넘겼고 안경테가 검고 굵은 안경을 썼으며 굳이 말한다면 친한파에 속한다고 말할 수 있다.

그는 1989년도에 수상으로 취임했지만 게이샤 스캔들 사건으로 몇 달 만에 수상 자리에서 물러났다.

지금은 돌아가셨지만 우노소스케 수상은 참으로 소탈한 분이셨다.

높은 권력을 가질 수 있는 의원이었지만 항상 겸손한 모습을 내게 보여 주셨다.

그분과의 인연은 내게 커다란 즐거움과 함께 행운이었던 것 같다.

박정희 대통령이 서거하자 골프 친구였던 김 의원이 자기가 누구한테 죽임을 당할지도 모른다면서 급하게 일본으로 건너왔었다.

김 의원이 미국에 가서 골프 치며 놀자고 제안해서 그와 함께 미국에서 한 달 넘게 지낸 적이 있었다.

박정희 대통령 밑에서 권력을 남용하여 다른 사람들에게 피해를 주었던 일들이 있었기에 새롭게 권력을 잡은 자들이 자기를 죽일 것이라고 생각했던 것 같다.

김 의원이 10·26 박정희 대통령 서거 이후에 불안해하는 모습을 보니 '권력이라는 것이 잡을 때에는 좋은 것이지만 놓으면 끝없는 낭떠러지로 떨어지는 것뿐만 아니라 목숨까지도 위태할 수 있겠구나'라는 생각이 들었다.

또 다른 김 의원도 개인적으로 만나서 골프를 친 적이 있었다.

그가 일본에 왔을 때 나와 골프 내기를 한 적이 있었고 내가 한국으로 나올 때에 함께 골프를 즐긴 일이 생각난다.

민단을 통해 한국의 높은 분들을 만날 수 있게 되어 기뻤고 또한 자주 고향땅을 밟을 수 있어서 무엇보다도 좋았다.

재일교포로서 어느 정도 경제적인 성공을 거두었기 때문에 그분들을 만날 수 있지 않았나 하는 생각에 스스로 자부심을 가져 본다.

11. 자식 교육

나는 아이들 교육을 제대로 시키지 못했다.

핑계인 것 같지만 내가 정상적인 교육을 제대로 받아 본 적이 없었기 때문이다.

어렸을 적에 고향 경주에서 배운 것이라고는 한글 조금과 한자 몇 글자뿐이었다.

한글은 누님에게서 배웠고 한자는 엄하셨던 할아버지로부터 담뱃대로 맞아 가며 몇 글자 배웠더랬다.

일본으로 건너와서부터는 공부에 신경 쓰기보다는 돈 버는 데에만 열심이었기에 글자 한 자를 제대로 읽어 볼 마음의 여유가 전혀 없었다.

나는 사내아이만 넷을 키웠다.

네 명의 자식들은 성격이 모두 달랐었다.

이는 태어나면서부터 정해지는 천성인 듯하다.

네 명의 자식들에게 책을 한 권씩 사 주면 막내인 상태는 매일 그 책을 다 읽고 또 사 달라고 졸랐는데 다른 아이들은 자기 책 한 권

읽기도 싫어했었다.

책 한 권에 400원 할 때에 한 번에 1,600원으로 네 권을 사서 아이들에게 한 권씩 나눠줬더랬다.

지금 생각해 보면 막내아들인 상태는 공부에 취미가 있었고 다른 아이들은 공부에 그다지 취미가 많지 않았었나 보다.

아버지로서 매일 붙들고 공부를 시킬 수는 없었다.

파칭코 가게 일로 바쁘기도 했었고 아이들에게 모르는 것을 가르쳐 줄 만한 지식도 없었기 때문이었다.

설사 내가 많은 지식을 갖추고 있다고 해도 아버지로서 자식을 가르치는 일이 어디 쉬운 일인가?

그런데 지금 생각해 보니 자식 교육이 꼭 지식교육만을 의미하는 것은 아닌 듯싶다.

글자 한 자 가르치는 것보다 혹은 산수 계산문제 하나 가르치는 것보다 중요한 것이 바로 이 세상을 어떻게 살아가야 하는 것이 올바른 것인지를 가르치는 것이지 않나 싶다.

책 읽기를 좋아했던 막내아들은 일본 나고야대학교 기계공학과를 졸업해서 로봇 전문회사에 다니고 있고 다른 아이들도 나름대로 자기들의 삶을 살아가고 있다.

내 자식들이 나에게 이런저런 이야기를 하지 않고 자기들 생각대로 결정해 버릴 때에 서운하기도 했다.

나는 어렵고 힘든 환경 속에서 공부할 기회가 없어서 많이 못 배웠다.

그러나 내 아이들에게는 어느 집 못지않게 최선을 다해서 적극적으로 지원해 주었건만 공부에 의지력을 불태우지 못함에 안타깝게 생각했다.

나는 일본에서 살면서 귀화를 생각해 본 적이 없었다.

비록 재일교포로서 일본에서 살지만 내 뿌리는 한국이라는 생각을 늘 가지면서 생활해 왔다.

그런데 자식들은 나하고 생각이 다른 것 같다.

물론 자식들이 모두 일본에서 태어나서 한국말을 모르고 한국에서 생활한 적도 없고 하여 한국 국적을 지키는 일에 그다지 신경이 쓰이지 않겠지만 나로서는 그 점도 자식들과 생각이 달라서 서운할 때도 있었다.

막내아들은 일본으로 귀화했다.

막내아들이 일본 국적을 가졌다고 하여 내 아들이 아닌 것은 아니다.

비록 나와 의견이 달라서 서운할 때도 많았었지만 자식 네 명은 내게 있어서 무척 소중한 존재들이다.

앞으로는 내 아이들이 일본으로 귀화하든 하지 않든 나는 그들의 의견에 따르고 싶다.

자식들에게 나로 인한 피해를 남겨 두고 싶지 않다.

30여 년 전에 빌딩 짓느라고 지은 빚이 아직도 조금 남아 있긴 하지만 내가 다 갚아야 할 돈이다.

내가 어렸을 적에 아버지와 살갑게 이런저런 이야기를 나눈 적이 없어서인지 나도 내 아이들에게 보다 따스하게 대해 주지 못한 점이 늘 마음에 걸린다.

살아온 삶을 돌이켜 보면 후회 안 되는 일이 어디 있겠냐마는 자식을 사랑해 온 내 방법에 안타까움이 사라지지 않는다.

12. 글공부와 워드프로세서

내가 어렸을 적에 아버지가 만주, 강원도, 일본 등지로 나가 계셨기에 어머니와 우리 식구들은 큰집에서 함께 생활했었다.

그 당시에 학교에 다니는 아이들이 많지는 않았지만 그래도 동네에서 몇몇은 신식 공부를 하러 학교에 다녔었다.

어렸을 적에 밭일을 하러 지게를 짊어지고 들길을 걸어가다 보면 보자기에 책을 싸서 학교에 다니는 동네 친구들을 만날 때가 종종 있었다.

책보자기를 허리춤에 묶은 아이들이 뜀박질하며 내 옆을 지나칠 때에 필통 소리가 딸각딸각 요란도 하였다.

나도 학교에 다니고 싶었다.

지게를 내팽개치고 그네들 따라 학교로 뛰어가고 싶을 때도 많았다.

학교 다니는 동네 친구들이 학교 통학 길에 친구들과 놀면서 다니는지라 어린 내가 보기에 너무나도 게을러 보여서 저렇게 놀아도 되는가 하는 의구심도 생겼다.

나는 새벽에 일찍 일어나서 밤늦게까지 일을 해도 늘 시간이 모자라는데 학교 공부는 그리 바쁘지 않나 하는 생각이 들었다.

하루 종일 밭일을 하고 집에 돌아와서 할아버지께 한자공부를 했었지만 몸이 피곤하여 쏟아지는 졸음을 이겨내지 못하였기에 한자공부도 많이는 하지 못했다.

한글은 누나한테서 조금 배웠는데 일본으로 건너와서부터는 사용하지 않으니 거의 다 잊어버렸다.

일본에 건너와서 하루하루를 바쁘게 보냈기에 글자공부를 할 기회가 없다가 1974년부터 일본 한자를 공부하기 시작했다.

히라가나와 가타가나는 따로 공부하지 않고 신문에 나와 있는 글자를 읽다가 알게 되었다.

일본 한자는 쓸 줄은 잘 모르지만 읽을 줄은 알기에 일본 신문이나 잡지를 읽는 데에는 커다란 불편함이 없게 되었다.

일본어 글자를 배우려고 해도 배울 시간적 여유가 없었고 고등학교까지 공부한 아내가 나 대신 모든 서류 정리를 해 주었기에 특별히 배울 생각도 하지 못했다.

내가 74살 되던 해에 일본에서 컴퓨터가 유행하기 시작했다.

컴퓨터를 잘 알지 못해도 아주 쉽게 워드프로세서를 사용할 수 있다는 TV광고가 쉬지 않고 방송되었다.

어렸을 적부터 살아왔던 내 삶에 대한 기록을 남기고 싶었는데 그 TV광고를 보면서 '워드프로세서를 배우면 내 인생기록을 내 손으로 작성해서 자식과 친척 그리고 친지들에게 남길 수 있겠구나'라는 생각이 들었다.

컴퓨터 가게에 들러서 가게 점원에게

"나도 컴퓨터 할 수 있소?"

라고 물었더니 그 점원은 누구나 쉽게 배울 수 있다며 자기네 컴퓨터 자랑을 많이도 늘어놓았다.

그 말을 듣고 컴퓨터 한 대를 사서 집으로 돌아왔다.

집에 와서 막상 컴퓨터를 쓰려니 어디서부터 시작해야 할지 몰랐다.

컴퓨터를 잘 아는 내 가게 점원에게 전원 켜는 것부터 배워서 워드프로세서를 하나하나씩 배웠다.

한글 워드프로세서는 한글만으로도 문장이 가능하지만 일본어 워드프로세서는 한자가 많이 사용되기에 각 단어에 맞는 한자를 일일이 골라 넣어야 한다.

처음에 일본어 워드프로세서로 한 문장 치는 데에 몇 시간씩이나 걸렸을 정도였다.

지금은 처음보다야 조금 더 익숙하지만 한 문장을 워드로 치는 데에 아직도 하루 종일 걸리기도 한다.

오랜 시간 동안 워드로 친 문장을 저장하지 않고 워드에서 빠져나와 버린 바람에 저장되지 못하고 지워져 버린 일도 많았다.

그동안 아이들에게 아버지의 지나온 삶을 제대로 이야기해 주지 못했다는 아쉬움이 컸었다.

늦은 나이에 어렵게 워드프로세서를 배워서 아이들에게 남겨주고 싶었다.

또한 나라가 어려웠던 일제 강점기에 태어나서 일본으로 건너와서 이런저런 삶을 살아왔던 내 자신을 일반 사람들에게 소개하고 싶었다.

재일교포로 살면서 커다란 성공을 이룩한 것은 아니지만 내 삶을 일반 대중들이 알게 함으로써 앞으로 살아가는 데에 자그마한 보탬이 되기를 바라고 싶다.

어렸을 적부터 지금까지 살아온 모든 과정 하나하나를 세세히 기억하지는 못하지만 길게 연결되어 있는 영화 테이프처럼 내 머릿속의 기억들을 워드프로세서로 기록하고 싶었다.

돌이켜 생각해 보면 삶에 있어서 중요하게 여겨지는 글공부에 소홀했던 것 같다.

글공부가 단지 글자만을 나타내는 것은 아니다.

글공부를 통해 많은 책을 읽음으로써 여러 가지 지식을 쌓을 뿐만 아니라 다양한 정보를 알 수 있게 되고 이를 바탕으로 삶의 지혜도 만들어질 수 있는 것이다.

나는 책으로부터 얻은 지혜 대신에 단순한 내 경험과 남의 말만을 듣고서 사업을 벌이다가 실패한 경우가 많았다.

한마디로 주먹구구식으로 사업을 시작하고 운영해 왔던 것이다.

글공부를 많이 했더라면 지금보다도 훨씬 커다란 사업을 성공해서 잘 유지했을 것이라고 확신한다.

글공부는 자식교육을 위해서도 필수사항이었는데 그만 글공부를 게을리했었다.

자식들이 어렸을 적에는 나와 대화를 하면서 그다지 부닥치는 일이 없었는데 자식들도 나름대로 꿈이 설정되고 인생관이 확립되고부터는 아이들의 고민을 들어주는 대화가 이어지지 못했다.

내 삶뿐만 아니라 내 자식들을 위해서 글공부를 열심히 했어야 했는데 그러하지 못한 것이 늘 후회스러웠고 자식들에게 미안한 마음을 감출 수가 없다.

13. 제일투자금융과 IMF

1970년에 모리야마 빌딩을 지을 때에 빌딩 건축 자금을 은행에 예치해 두었다.

그런데 은행에서는 현금을 가지고 빌딩을 지으면 세금이 많이 나온다면서 은행 돈 쓰기를 권유하기에 은행 돈을 대출받았었다.

은행대출로 빌딩 건축 자금을 충당하였기에 1억 2천만 원이 은행에 그대로 예치되었던 것이다.

오사카 고켄의 이자가 다른 은행보다 비쌌기에 나는 모리야마에 있는 은행에 예치해 두었던 1억 2천만 원을 오사카 고켄으로 옮겨 예치해 두었다.

오사카 고켄에 예치해 둔 돈은 잊은 채 파칭코 가게 운영에 바쁜 나날을 보냈었다.

박정희 대통령 말엽 무렵에 제일투자라는 금융회사가 새로 설립되려 하고 있었다.

오사카 고켄에서 말하기를 제일투자금융회사는 재일교포가 주축이 되어 설립된다는 것이었다.

그러면서 내가 예치해 둔 돈을 제일투자금융에 투자하기를 몇 번이고 권유했었다.

그러한 권유를 받을 때마다 투자할 마음이 없어서 아무런 대답도 하지 않았다.

그 이전까지는 재일교포가 한국에 투자하려고 할 때마다 법적으로 불가능하다고 했었는데 박정희 대통령 말엽부터 재일교포에게도 투자할 수 있도록 법이 개정되었다는 것이다.

서울 강남지역이 개발되기 시작할 때에 그 지역의 땅 한 평이 2만 원이었는데 재일교포는 안 된다고 하여 강남땅을 사지 못한 적이 있었다.

요즈음 한국에 나가서 강남거리를 거닐 때에 그 시절에 재일교포 한테도 땅을 살 수 있도록 법이 만들어졌다면 나도 이 땅을 샀을 것이고 그리되었더라면 어마어마한 재산을 축적하였을 것이라는 생각이 들었다.

박정희 대통령 말엽 시절에 재일교포가 주축이 되어 제일투자금융 회사를 설립한다고 부산을 떨며 투자하라고 부추겼을 적에 투자를 안 하려 했었다.

오사카 고켄에서는 투자하고 1년 후면 2배를 벌수 있다며 자꾸 부추겼어도 결국 나는 투자를 안 했었다.

그런데 그로부터 2달이 지나서 오사카 고켄에 들러 보니 내가 예치해 두었던 돈을 이미 한국으로 부쳐 버렸다는 것이다.

내 말도 듣지 않고 한국으로 돈을 부쳤다기에 하는 수 없이 나도 제일투자금융회사의 원년 주주 멤버가 되는 수밖에 없었다.

1970년대 말에 투자했던 제일투자금융 주식은 해가 지나면서 값이 오르기에 그다지 걱정하지 않고 그대로 보유하고 있었다.

그런데 1997년 연말에 뜻하지 않게 한국에 IMF가 닥쳐 버린 것이었다.

한국에 IMF가 온다고 해도 제일투자금융회사에 무슨 변이 있을까 하고 크게 걱정하지 않았다.

IMF가 터지고 그다음 해 4월에 제2금융권 구조조정 작업이 거행되었다.

그때에 제일투자금융회사가 사라져 버리게 된 것이다.

내가 보유했던 주식 전체가 휴지조각이 되어 버렸다.

내가 투자했을 때에 엔화 대 원화의 환율이 1대 33이었으니 나는 그 당시에 한국 돈으로 33억 원을 제일투자금융회사 주식에 투자했던 것이다.

30년 전에 한국 돈 33억 원이 어디 작은 돈인가?

참으로 가슴이 아파 왔다.

그 돈을 벌려면 얼마나 고생을 해야 하는데 어느 날 하루아침에 그 큰돈이 휴지조각 되어 날아가 버렸다고 생각하니 슬프기도 하고 내 자신에 대해 화도 났었다.

이것도 모두 내가 잘 몰라서 남의 말만 듣고 투자하여 그리된 것이라 생각하니 내 자신이 한심스러웠다.

내가 투자했던 돈은 사실상 은행으로부터 대출받았던 돈이었으니 경제적 압박이 이만저만 크지 않았다.

내가 갚아야 할 돈이요 부채였다.

오늘날까지도 그 돈을 이자와 함께 갚아 오고 있다.

내가 벌인 일이니 내가 끝까지 짊어지고 가려하고 있다.

최근 2006년도에 서울에 들른 적이 있었다.

조카딸 부부가 대전 대덕연구단지에서 살다가 2006년도에는 서울로 이사와 있던 때였다.

제일투자금융회사가 그때까지도 남아 있다는 이야기를 듣고 조카딸 부부와 함께 제일투자금융회사가 있는 곳을 향했다.

그 전까지는 내가 서울에 갈 때면 명동에서 묵곤 했었는데 조카딸이 강남 호텔을 예약해 주어 강남거리를 자주 걸었었다.

호텔에서 강남 지역을 바라보니 30여 년 전에는 온통 밭 천지였던 곳이 어느새 빌딩 숲으로 변하여 있었다.

그야말로 어디가 어디인지 분간할 수 없을 정도로 강남이 발전해 있었다.

강남 호텔에서 나와서 조카딸 부부와 함께 제일투자금융회사가 있다고 하는 명동을 찾아 나섰다.

명동 코리아나 극장 사거리 뒷길에 낡아빠진 5층 건물이 하나 있었는데 그 빌딩 3층에 아무런 회사 간판도 없이 제일투자금융회사가 정말로 있었다.

제일투자금융회사가 남아 있다고 하니 속으로 너무 반가웠다.

IMF 시절에 휴지조각이 되어 버렸던 주권을 그때까지 가지고 있어서 참으로 다행스럽게 생각했다.

제일투자금융 주식을 전부는 아니더라도 얼마쯤은 찾을 수 있을 것이라는 기대감이 생겨났다.

우리를 맞이하던 제일투자금융회사 담당관은 우리들에게

"어떻게 오셨어요?"

라고 물어보았는데 그는 이미 우리가 어떤 일로 왔는지 눈치 채고 있는 것 같았다.

우리는 제일투자금융회사가 아직도 존재하고 있느냐며 물었고 또한 제일투자금융회사의 주식이 아직도 유효한가에 대해 질문했다.

그는 대답하기를 이미 회사는 없어진 상태인데 뒷마무리 일 때문에 몇 명이서 고생을 하고 있다고 대답해 주었다.

그리고 주식은 찾을 수 없다는 말과 함께 죄송하다는 말을 몇 번이고 우리들에게 되풀이해 주었다.

나는 속으로 생각했다.

'제일투자금융회사에 저와 같이 친절한 직원들이 많았더라면 IMF 당시에 그 회사가 망하지 않았을 텐데'라고 말이다.

커다란 기대는 하지 않았지만 막상 내 주식이 휴지조각 되었음을 또다시 확인하고 보니 기분이 그다지 편하지는 않았다.

명동에서 저녁식사로 불고기를 먹으며 맥주 한 잔에 아쉬움을 달랬다.

지글지글 끓어오르는 불고기의 김발 속에 내 주식이 날아가고 있는 느낌이 들었다.

"그래, 이미 없어진 주식에 대해 미련을 갖지 말자."

라고 다짐하며 남산터널을 빠져나온 우리 자동차가 한남대교를 건널 때에 올림픽대로의 전등불빛이 반짝반짝 아롱거렸다.

14. 신한은행 주식투자와 주식자금 회수

1970년대 말에 한국의 제일투자금융회사가 설립될 때에 나는 오사카 고켄을 통해 그 회사 주식을 매입했었다.

그로부터 3년쯤 뒤인 1982년 7월에 신한은행이 설립되었다.

신한은행은 전부 재일교포들이 투자하여 설립했다.

신한은행에는 9천만 원 투자했다.

그 당시에 돈이 많지 않아서 조금 투자했었다.

신한은행 설립할 때에는 신한은행장이 직접 일본으로 건너와서 투자자들을 모집하고 있었다.

재일교포들이 투자하여 만든 신한은행은 경영실적이 좋았었는지 IMF 위기를 잘 넘겨서 이후 동화은행, 충북은행, 강원은행 등을 합병 흡수하여 자본규모가 점점 더 커졌다.

그러더니 2006년에는 조흥은행과 합병함으로써 명실 공히 종합 금융지주회사로 발전을 거듭해 오고 있다.

내가 2006년도에 서울에 들렀을 적에 조카딸을 만나서 신한은행 주식에 대해 이야기를 나누었다.

그 이전에는 한국에 주식이 있어도 내가 주식에 대해 전혀 알지 못하고 누구와 상의할 사람도 없어서 혼자서 전전긍긍하고 있었다.

그런데 조카딸이 서울에 살면서부터 조카딸과 내가 가졌던 주식에 대한 이야기를 나누었고 신한증권 주식을 팔아서 일본으로 가져오고 싶다는 이야기도 꺼냈다.

재일교포가 한국에 투자할 때에는 얼마든지 투자하라며 부추겼지만 투자했던 돈을 다시 일본으로 가져오려면 여간 까다로운 일이 아니었다.

신한은행 주식을 일본 돈으로 바꾸기 위해 조카딸과 함께 신한은행으로 발걸음을 옮겼다.

신한은행에 가서 알아보니 어떤 서류가 필요한지를 가르쳐 주었다.

일본의 영사관 확인 절차 서류도 요구했었다.

신한은행 주식을 찾는 데 필요한 서류 종류를 알아내고서 나는 다시 일본으로 돌아가야만 했다.

조카딸은 그 당시에 신한은행 주식을 그냥 가지고 있는 것이 좋을지 아니면 조금 있다가 파는 것이 좋을지를 걱정하는 듯했으나 나는 앞날을 생각하지 말고 무조건 팔고 싶다고 말했다.

한국 주식에 투자하여 커다랗게 손해만 보았던 터라 한 푼이라도 일본으로 가져가야 내 돈이 된다고 생각했다.

내 주식을 한국에 그냥 두어 봤자 골치만 아플 것이라고 생각했다.

그 후에 신한은행 주식을 팔기 위한 서류를 모두 갖추어서 다시 서울로 들어왔다.

그때에도 조카딸과 함께 증권회사 등을 오가며 신한은행 주식을 일본 돈으로 바꾸었다.

그리도 오랫동안 가지고 있던 주식을 막상 팔고 나니 속이 후련한 느낌이 들면서도 너무 서둘러서 판 것은 아닌가라는 생각이 들긴 했지만 그러한 미련을 버리고 싶었다.

신한은행 주식을 일본 돈으로 바꾼 후에 일도 마치고 하여 북한산 순환도로로 드라이브를 떠났다.

경주에서 나를 만나러 올라온 내 동생 호우와 함께 자동차를 타고 북한산을 따라 드라이브하니 북한산은 울긋불긋한 늦가을의 단풍으로 아름다움을 뽐내고 있었다.

북한산 자락으로 내려와서 동생과 함께 먹어 본 순두부찌개가 어찌나 맛이 있었던지 요즘도 가끔 생각이 떠오른다.

신한은행 주식을 일본 돈으로 바꾸고 송금을 마친 후에 인천국제공항에서 비행기를 타고 하늘 위에서 내려다보니 서쪽 바다 저 멀리에서 겨울 철새 떼가 붉게 물든 석양을 가로질러 제 고향을 향해 날갯짓을 하고 있었다.

15. 남에게 맡긴 주식

1980년대 초에 신한은행 설립 멤버로 주식을 투자했었다.

신한은행을 투자하고서 얼마 안 있었는데 신한은행에서 신한증권 회사를 만든다며 투자하기를 권유했다.

그 당시에 1,500평의 땅을 사려고 은행에 넣어 두었던 돈 1억 3천7백만 원을 신한증권에 투자했다.

이때 투자했던 돈은 외환은행을 통해서 한국으로 부쳤었다.

내가 아는 사람 중에 최 씨라고 있었는데 그 사람의 사위가 일한증권에서 근무하고 있었다.

최 씨는 자기 사위한테 투자 금액을 맡겨 놓으면 돈을 잘 관리해 주고 많은 이득을 남겨 줄 것이라고 말하기에 그렇게 하라고 허락을 해 주었다.

그러니까 신한증권에 투자했던 돈 1억 3천7백만 원은 어느 한 회사의 주식을 사서 그대로 간직한 것이 아니라 일한증권 직원에게 주식 운용을 맡겨 버린 것이었다.

최 씨가 자기 사위가 증권전문가라면서 맡기면 안전하다는데 주식에 대해 아무것도 모르는 나는 그의 말을 믿을 수밖에 없었다.

그 당시까지 장사를 해서 돈을 벌었지만 부동산이나 주식에는 투자한 경험이 없어서 그 방면으로는 전혀 알지 못했었다.

그런데 남의 말만 믿고서 한국의 주식에 투자를 해 버린 것이 커다란 잘못이었다.

일한증권에 맡겨 놓은 주식은 최 씨 사위가 시세에 따라 사고팔았던 모양이다.

나는 그가 어떤 주식을 얼마나 사서 어떻게 팔았는지를 전혀 알지 못했다.

맡겨만 놓고서 내 돈이 손해나지 않고 어느 정도 이득이 나고 있으려니 하고 마음 놓고 지냈었다.

그런데 내가 투자했던 1억 3천7백만 원이 2000년대 초에 들어서 0이 되어 버렸단다.

1980년대 초에 투자했던 1억여 원이 20년 만에 어떻게 없어져 버렸는지 도무지 알 수가 없었다.

최 씨 사위는 내가 보유한 주식내역 변동에 대해 주기적으로 알려 주었다고 말했지만 나는 그 내용을 알 수가 없었다.

설사 그가 말한 대로 그의 편지를 받았다고 해도 나는 주식내역을 볼 줄을 몰랐기에 그냥 넘겼을 것이다.

주식전문가라고 하여 믿고 맡겨 놓은 주식이 20년 만에 0원이 되어 버렸으니 도대체 누구를 믿어야 한단 말인가?

그는 주식내역 변동사항을 내게 주기적으로 보고를 했다고는 하지만 보고만 했다고 하여 책임을 면할 수 있겠는가?

내가 맡긴 돈을 도대체 어떻게 관리했기에 전문가라는 사람이 그 모양으로 만들어 놓았는지 정말로 화가 치솟았다.

내가 그를 만나서 따져 물었으나 그는 자기 할 도리는 다했기에 도덕적인 책임은 몰라도 법적 책임은 전혀 없다는 식으로 목을 뻣뻣하게 세웠다.

그의 말을 듣고서 화가 치밀었을 뿐만 아니라 내 자신이 비참함을 느껴야했다.

일본에 살면서 증권에 대해 잘 알지 못한다고 하여, 한국말을 잘 모른다고 하여 그리고 나이 먹은 늙은이라고 하여 대놓고 나를 무시한 것이었다.

지난 세월을 살아오면서 일본 사람에게 당한 그 어떤 일보다 같은 한국 사람에게 당했다고 생각하니 끓어오르는 부아를 참을 수가 없었다.

나는 2006년도에 한국으로 나가서 법적 대응을 하기로 마음먹었다.

조카딸과 함께 변호사 사무실을 찾아 나섰다.

변호사를 만나서 그동안에 있었던 일들을 상세히 털어놓았다.

제일 큰 문제는 법적 대응이 너무 늦었다는 것과 그가 내게 보고했다는 내용이 어느 정도의 수준이었는지가 문제였다.

3년 이내에 법적 대응을 했어야 했는데 그를 고발했던 당시에 이미 3년이 지난 뒤였다.

변호사 말로는 아무리 그렇다고 해도 그는 민사상의 책임을 면할 수 없다는 것이었다.

법 절차에 따라 나는 그를 금융감독원에 고발했다.

몇 달 후에 금융감독원으로부터 연락이 와서 조카딸 부부와 함께 여의도 금융감독원에 갔다.

금융감독원에서는 가능하면 재판까지 가지 말고 타협하기를 바랐다.

하지만 내 쪽이나 그쪽은 서로 팽팽하게 맞섰다.

변호사 비용이 만만치 않았다.

변호사 비용도 커져 갔지만 일본에서 한국으로 나오는 차비에다가 한국에서 소요되는 체재비도 슬슬 불어나기 시작했다.

그 일로 인하여 한국에 나올 일이 많아졌었다.

나올 때마다 조카딸 식구와 분당에 사는 작은 조카 식구들을 만날 수 있어 좋았고 경주에서 내 동생이 올라와서 나와 함께 서울을 구경한다든지 다른 지방들을 구경했던 일이 아직도 즐거운 추억으로 남아 있다.

변호사에게 맡겼던 주식재판청구는 재판까지 안 가고 중간에 타협으로 끝났다.

양측 변호사들이 서로 만나서 타협안을 만들었던 것이다.

상대 측에서 내게 2천여만 원의 변상으로 일이 마무리되었다.

30여 년 전에 투자했던 1억여 원이 겨우 2천만 원으로 되돌아온 것이었다.

미래 일을 미리 알고 있다면 그 누가 실수를 하겠는가마는 30여 년 전에 아무것도 모른 채 남의 말만 믿고 그 엄청난 돈을 투자했던 일이 무척이나 후회스러웠다.

가난한 고국을 조금이라도 빨리 부자나라로 만드는 데 조금이나마 일조할 수 있을 것이라는 기대감 속에서 일본에서 번 돈을 투자했건만 개인적으로는 너무나도 큰 손해를 보았다.

한국에 IMF가 올 줄 몰랐었고 주식투자가 그리도 어려운 줄 몰랐다고는 하지만 잃어버린 돈을 생각하니 가슴이 쓰라렸다.

한국경제 탓만 할 수도 없고 한국의 증권전문가 무성의만 탓할 수는 없는 것이다.

모든 것이 다 내 무능이요 무식이요 불찰이었던 것이다.

나는 지금까지 열심히 돈 버는 데에만 신경을 써 왔다.

돈 관리법에 대해 너무나도 몰랐었다.

장사로 돈을 벌어서는 은행에 저금해 놓는 일이 최상이라고 생각했다.

돈을 벌기 위해서는 장사가 잘되어야 하고 장사가 잘되기 위해서는 사람 관리를 잘해야 한다는 것은 알고 있었다.

그러나 은행에 예치해 두었던 돈을 증권에 투자할 때에는 많은 정보와 함께 수시로 주식을 관리해야 함을 전혀 몰랐었다.

남에게 거짓말하지 않고 성실하기만 하면 사람들로부터 신뢰를 얻어서 모든 일을 할 때에 아무런 문제가 없는 것으로 알아 왔었다.

하지만 그렇지가 않았다.

남으로부터 신뢰도 중요하지만 그때그때마다 판단력도 중요했다.

남을 믿기만 해서는 아니 될 일이 바로 투자였다.

투자는 장사와 달랐다.

젊은 시절에 투자 경험이 있었더라면 노년에 이리도 큰 실패는 경험하지 않았을 것이다.

이제 와서 후회해 본들 무슨 소용이 있겠는가?

배우지 못하여 판단력이 없음을 어찌 한탄만 할 수 있겠는가?

타국에서 번 돈을 편안한 마음으로 고국에 투자하였다가 낭패를 본 일들을 어찌 고국 탓으로만 돌릴 수 있겠는가?

이제는 마음을 비우고 있다.

커다란 미련도 갖고 있지 않다.

내가 벌인 일들은 내가 마무리 지어야 한다.

지나온 세월 속에서 내 몸속으로 파고 들어온 온갖 시름들을 내 스스로 떨쳐 버리니 내 마음이 한결 가벼워진다.

이런저런 상념에 어느덧 밤이 깊어만 간다.

오늘 밤에는 깊은 숙면을 취할 수 있을 것 같다.

16. 온 가족과 함께 서울 나들이

2006년도 10월에 일본에 사는 우리 가족들을 모두 데리고 서울을 방문했다.

큰아들 상일이네와 둘째 아들 상칠이네는 내가 살고 있는 모리야마에서 같이 살고 있지만 셋째 아들인 상태네는 도쿄에서 살고 있었다.

셋째 아들인 상태 가족이 2007년도부터 미국 근무로 발령이 났기에 가족 간에 자주 만나볼 기회가 없을 것 같아서 미국 가기 전에 온 가족이 한국 서울에서 만나기로 했다.

셋째 아들 상태는 나고야대학교 공학부를 졸업하고 로봇 제조회사에 근무하고 있다.

일본에서도 사는 곳이 다르기에 우리 온 가족은 한국 인천공항에서 만나기로 하였다.

2006년도 10월 어느 날 오후에 우리 온 가족은 인천국제공항에서 서로 만나 서울로 향했었다.

조카딸이 서울 강남에 있는 호텔방을 세 개 예약하여 그곳에 묵기로 하였기에 공항버스를 타고 서울 강남에 도착하여 짐을 풀었다.

일본의 우리 가족은 모두 15명이었다.

서울 강남에 도착해 보니 경주에서 동생이 올라와 있었고 분당에 사는 조카 가족과 강남에 살고 있던 조카딸 가족 모두를 한자리에 만날 수 있었다.

자동차 두 대로 나누어 서울 남산을 올랐다.

남산 위에서 서울을 내려다보고는 우리 손자들이 손짓을 하며 즐거워했다.

할아버지로서 나는 그들에게 한국의 모습을 보여 주고 싶었다.

할아버지의 뿌리인 한국에 대해 관심을 앞으로도 계속하여 가져 주기를 바랐다.

비록 일본에서 태어나서 일본에서 자란 재일교포 3세이지만 한국인의 긍지를 가슴에 안고 일본 사람들에게뿐만 아니라 세계 어느 나라 사람들한테도 결코 지지 않는 그러한 패기 있는 인격자로 성장하기를 바란다.

그들은 언젠가 일본으로 귀화할지도 모른다.

일본 사람과 결혼을 통하여 혹은 자기 스스로 일본으로 귀화할는지 모르지만 이제 와서 그들의 귀화를 막을 수는 없는 노릇이다.

그들이 귀화하여 일본 사람들이 된다고 해도 내 후손으로서 내가 살아온 지난날들을 알게 하고 싶다.

그들은 내 삶에 대해 관심이 없을지도 모르지만 나는 그들에게 지금까지 살면서 경험했던 나의 모든 일들에 대해 소상히 들려주고 싶다.

내 아들들이 그리고 내 손자들이 자라날 때에 이런저런 이야기들을 나누면서 지나온 내 삶을 전했으면 좋았겠지만 바쁘다는 핑계로 그리하지 못했던 것에 대해 무척이나 후회스럽게 생각하고 있다.

가슴 따뜻한 대화는 못 했을지라도, 이미 시간이 훌쩍 지나가 버렸다고 해도, 나의 이야기를 내 후손들에게 남겨야 하기에 장황하지는 않지만 소박한 자서전을 펼 계획을 평소부터 가지고 있었다.

남산 타워에서 내려다보는 서울 거리는 공기오염으로 뿌옇게 비춰졌지만 남산 소나무들의 푸름이 우리들의 피곤한 시선들을 맑고 시원하게 잡아 주었다.

지팡이를 짚고 남산 위의 계단을 한 계단씩 오를 때에 허리가 아프고 다리가 덜덜 떨려 왔지만 지하철 계단과는 사뭇 다르게 느껴졌다.

계단 위의 팔각정을 바라보며 걸었기에 기분이 좋아졌기도 하지만 무엇보다도 일본의 우리 가족 모두와 함께 걸어 올라가는 계단이었기에 고향의 아늑함이 느껴져서 피곤함도 잊은 채로 어느새 팔각정 난간 위에 앉아 있을 수 있었다.

남산에서 내려와서 우리들은 명동을 거닐었다.

복잡한 명동거리를 혼자서 다닐 때에는 군중 속에 파묻혀 갈 길 찾아가기 바빴으나 온 가족과 함께 거닐던 명동거리는 깨끗하게 확 트인 넓디넓은 보도블록처럼 보였다.

다음 날 저녁에는 일본 식구들과 한국 식구들이 모두 모여 강남에 있는 유명한 숯불구이 집에 들어갔었다.

일본 식구들은 한국의 불고기를 참 맛있어 했다.

그래서 한국에 오면서 한국 전통 음식들 중의 하나인 숯불구이와 불고기를 배불리 먹게 하고 싶었다.

내 아들들과 며느리들도 맛있게 먹었지만 손자와 손녀들이 너무나도 맛있어 했다.

저녁식사를 하면서 일본 가족들과 한국 가족들 사이에 비록 충분한 대화는 서로 통하지 못했지만 손짓과 몸짓을 섞어 가며 서로를 알려고 노력하는 모습에 가슴 뿌듯함을 느꼈다.

상태 가족이 자기네 가족사진을 스티커로 만들어서 한국 가족들 핸드폰 뒤에 하나하나씩 붙여 주는 모습을 보면서 가족 사랑을 느꼈다.

비록 가슴속 깊은 대화는 못 했어도 우리들은 피를 나눈 한 가족임을 알 수 있었다.

상태 가족이 미국으로 떠나기에 가족 전체가 앞으로 자주 만나지 못한다는 것을 알았기에 우리 가족들은 상태 가족에게 일일이 격려 인사를 해 주었다.

강남 숯불구이 집에서 나와 우리 가족들은 삼삼오오 짝을 지어 강남거리를 거닐게 되었다.

강남거리를 거닐 때에 우리 식구들이 혹시 길을 잃지나 않을까 서로들을 지켜보며 오순도순 호텔까지 걸었다.

호텔에 와서는 한방에 모여 이런저런 이야기를 나누었다.

상태 가족이 미국으로 떠나는 것에 다들 서운해했다.

사실 나도 상태 가족이 미국에 가서 불편함은 없을지 은근히 걱정되었다.

그날 밤을 자고 나면 우리 가족들은 다시 뿔뿔이 헤어져야 했다.

미국으로 일본으로 서울로 경주로 각자 사는 곳으로 돌아가야만 했다.

비록 2박 3일 기간이었지만 온 가족과 함께 보낸 시간이 즐겁고 보람되었다.

이제 헤어지면 앞으로 언제 또다시 이렇게 많은 식구들이 한자리에서 만날 수 있을까?

조카 식구와 조카딸 식구가 집에 가겠다고 인사를 했다.

모두들 한 사람씩 인사를 나누면서 또다시 만날 날을 기약했다.

그러한 모습을 바라보노라니 내 가슴 속에 싸한 아쉬움이 몰아쳐 왔다.

다음 날에 인천국제공항에서 도쿄로 가는 상태 가족과 헤어졌다.

도쿄로 가서 얼마 안 있다가 미국에서 살게 될 상태 가족과 공항에서 이별을 나누니 가슴이 미어지는 것 같았다.

미국 생활도 모두 건강하고 평안하게 보내기를 두 손 모아 빌면서 일본 가족들과 함께 비행기에 올랐다.

비행기가 밤하늘 상공으로 이륙하니 그날따라 왠지 인천 야경 불빛이 희미하고 기운 없어 보였다.

비행기가 안전하게 이륙하자 2박 3일 동안에 있었던 재미난 일들을 떠 올리며 지그시 눈을 감았다.

이성우

1922년 대한민국 경주市 출생
일본 시가켄 모리야마市 민단 창단 및 초대 단장
제일투자금융(주) 이사
신한은행 창립 주주
유비조합 창단 이사
이와사키흥업 사장
현) 일본 시가켄 모리야마市 민단 고문

일본에서 지내온 세월들
-제일고토 할아버지 이야기-

초 판 인 쇄 | 2011년 1월 28일
초 판 발 행 | 2011년 1월 28일

지 은 이 | 이성우
펴 낸 이 | 채종준
펴 낸 곳 | 한국학술정보㈜
주   소 | 경기도 파주시 교하읍 문발리 파주출판문화정보산업단지 513-5
전   화 | 031) 908-3181(대표)
팩   스 | 031) 908-3189
홈 페 이 지 | http://ebook.kstudy.com
E-mail | 출판사업부 publish@kstudy.com
등   록 | 제일산-115호(2000. 6. 19)

ISBN   978-89-268-1908-1 03810 (Paper Book)
        978-89-268-1909-8 08810 (e-Book)

이담 Books 는 한국학술정보(주)의 지식실용서 브랜드입니다.